ふたりで姉の子どもを育てたら、怜悧な御曹司から迸る最愛を思い知らされました

m a r m a l a d e b u n k o

田崎くるみ

マーマレード文庫

目次

ふたりで姉の子どもを育てたら、
怜悧な御曹司から迸る最愛を思い知らされました

ふたりで姉の子どもを育てたら、怜悧な御曹司から迸る最愛を思い知らされました

プロローグ

これまでの人生、不幸だなんて思ったことは一度もなかった。たとえ周りとは違う家族のかたちでも、心ないことを言われたとしても、私たちが幸せならそれでいいと思っていた。

だけど、やっぱり時には寂しくなり、忙《せわ》しない毎日にやり切れなくなることもあった。

そんな時、あなたが現れたの。ありのままの私たちを受け入れてくれて、愛してくれた。そして温かな手を差し伸べて、家族になろうと言ってくれたんだ——。

大切な存在を守るために

福島《ふくしま》県の海沿いの町に住み始めて、そろそろ二年になろうとしている。窓を開けると、ほんのりと潮の匂いがして、波の音も聞こえてきた。

そろそろ梅雨に入る頃。しかし、あと二ヵ月もすれば海水浴客で賑《にぎ》やかになる。

ここは町の小さな整形外科。そこで私、天瀬汐里《あませしおり》が理学療法士として働き始めてから、ちょうど二年経《た》ったことになる。

控室で白衣を羽織り、背中まで伸びた髪を後ろでひとつにまとめた。ロッカーの内ドアに付いている鏡で身だしなみを整える。

大きな目が特徴的だが、この目が幼さを残していて二十五歳の実年齢より若く見られてしまう。身長は一六一センチと低くはないのに、いまだに高校生に間違えられることもしばしば。

だから最近は少しでも大人っぽく見えるように髪をクリームブラウン色に染めてみたものの、その効果はいまだにあらわれていない。

「あ、時間っ……！」

始業時間が近いことに気づき、慌ててロッカーのドアを閉めて控室を出た。

奨学金を利用して進学した都内の大学を卒業後、国家資格である理学療法士を取得。大学の付属病院で一年ほど働いたが、ある事情で退職し、自然豊かな福島県へ移り住んで今の病院に就職をした。

診療開始時間前より患者さんが列をなすことは日常茶飯事で、午前中はとくに忙しい。

「汐里ちゃん、ご指名だよ。俺じゃダメみたいで。……お願いしてもいい？」

「はい、わかりました」

先輩の大津勝夫《おおつかつお》さんは四十五歳になるベテランの理学療法士だ。私と大津さんで日々、患者のリハビリに当たっている。

大津さんからカルテを受け取って名前を確認すると、長く通っている患者の源次《げんじ》さんだった。七十二歳になる源次さんは変形性膝関節症《へんけいせいひざかんせつしょう》で膝の痛みが強く、電気治療に通院していた。

「やぁ、汐里ちゃん。今日もよろしくね」

「こんにちは、源次さん。こちらこそよろしくお願いします」

上機嫌の源次さんを低周波治療器まで案内する。ふたつの導子カップを痛みのある部位を挟むように張り付け、二十分に設定して電流を流す。

「痛みは大丈夫ですか？」

「あぁ、ちょうどいいよ」

ニコニコの源次さんだけれど、なぜか大津さんが対応するとものすごい不機嫌らしい。

源次さんが治療中に次の患者の対応に当たる。そして低周波治療を終えた源次さんの導子カップを外しながら、軽く問診をした。

「膝の痛みはどうですか？　運動はしていますか？」

「いや－電気やらないと痛いのなんのって。運動なんてできないよ」

豪快に笑いながら言われ、苦笑いしてしまう。

できれば電気治療だけではなく、ウォーキングなどで筋力をアップしてほしいところ。それに源次さんの症状はそれほど重症じゃない。

しっかりとリハビリをすれば、現状を維持することが可能だ。

「じゃあまずは軽いウォーキングから始めてみませんか？　私、源次さんにはこれからも自分の足でしっかりと歩いて通院してほしいですし」

「汐里ちゃん……」

変形性膝関節症は、症状が重い場合は手術となる可能性もある。そうなれば本人の負担も大きいし、歩けなくなる人もいる。だからできる限り運動をしてほしい。

その思いで言ったところ、源次さんにちゃんと届いたようで「わかった!」と約束をしてくれた。

「俺もいつまでも汐里ちゃんの世話になりたいしな。明日から朝にでもばあさんと近所を歩いてみるよ」

「それはとてもいいですね。ぜひ歩いてみてください」

「はいよ!」

源次さんは元々漁師として働いていたそう。しかし車で運搬中に事故に遭ってしまった。漁師を引退したが、息子さんの手伝いをしているようで、できる限り今の生活を続けさせたい。

源次さんを見送ったところで、大津さんが近づいてきた。

「まったく、俺がいくら言っても運動なんかしない!の一点張りだったというのに……。あんなに気難しい患者の心を開いた汐里ちゃんには頭が上がらないよ」

「いいえ、そんな」

大津さんの言うように源次さんはとても気難しい人で、最初は治療に対しても否定的だった。家族に無理やり連れてこられた時に対応したのが私で、いきなり「リハビリなんかやるか！」と怒鳴られたほど。

しかし、できるなら好きな漁師の仕事を続けさせたいという家族の願いを聞き、根気強くリハビリするメリットを説明し、源次さんの話にも耳を傾けていったところ、治療に前向きになってくれたのだ。

「私はただ、当たり前のことをしたまでですよ」

そう、理学療法士として患者と向き合っただけで、特別なことはなにもしていない。

「いいや、その当たり前のことがなかなかできないのが現実だよ。だからやっぱり汐里ちゃんはすごい。源次さんはもうすっかり汐里ちゃん一筋になっちゃったし、今後も源次さん専属で頼むよ」

肩をポンと叩《たた》かれても、なんて答えたらいいのやら。

「え？　じゃあ大津さんファンのマダムたちは、大津さんにお任せしてもいいですか？　私が担当すると明らかに落胆されるの地味に傷ついていたんですよね」

「俺のファン？　いや～嬉《うれ》しいね。よし、じゃあ協力してやっていこう」

「はい、ぜひ！」

最初の勤め先の病院に比べたら忙しいし、やることが多くて大変だけれど、地方の小さな病院だからこそ個別に手厚くケアできるという利点もある。

それに働く仲間はいい人ばかりで職場環境にも恵まれていて、やりがいのある毎日だ。

昼休憩後、午後の診療時間には学校終わりの学生が多く来院している。部活動で怪《け》我《が》をしてしまった子には、話を聞くなどして心のケアにも努めていた。

そして診療時間を三十分過ぎたところで最後の患者を見送ると、すぐに大津さんが声をかけてくれた。

「片づけは俺がやっておくから早く迎えに行ってやれ」

「すみません、いつもありがとうございます。お先に失礼します」

「お互い様だよ。お疲れ、明日はゆっくり休みな」

「はい、ありがとうございます」

残っていた同僚にも挨拶をして控室で着替えを済ませ、急いで病院を後にした。

愛車の軽自動車で向かった先は病院から車で十分の距離にある保育園。十九時近くにもなると、残っている園児も少なくすぐに見つけることができた。

「翼《つばさ》！」

友達と積み木で遊んでいるところで声をかけると、翼はすぐさま反応して立ち上がった。そして私の姿を確認したら真っ直《ます》ぐに駆け寄ってきた。

「しーちゃんだぁ～！」

勢いそのままに飛び込んできた翼を抱きしめた。

「ごめんね、遅くなって」

「ううん、大丈夫だよ。お仕事、お疲れ様」

この笑顔に何度も癒やされ、救われてきた。翼のためならなんだってできる気持ちになる。

「ありがとう、翼。帰ろうか」

「うん！」

先生から荷物を受け取り、今日の様子などを聞いて保育園を後にした。

駐車場までは抱っこして向かい、後部座席のチャイルドシートに翼を座らせる。

シートベルトをしっかりと締めて私も運転席に座った。

「翼、明日のおやつを買って帰ろうね」

「やった！　明日はしーちゃんと遊園地～！」

両手を上げて大喜びする翼に頬《ほお》を緩ませながら、ゆっくりと車を発進させた。

今年で五歳になる翼は私の息子ではなく、甥《おい》にあたる。翼の母親は今は亡き私の十歳年上だった姉の香織だ。

　私たち姉妹の両親は、私が生まれてすぐに離婚した。私たちは母に引き取られたものの、母は新しくできた恋人と蒸発。私たち姉妹は親戚をたらい回しされて最終的に施設に入ることとなった。

慣れない施設での生活を支えてくれたのは姉で、一足先に施設を出た姉は奨学金で大学へ進学し、調理師免許を取得して大手食品会社『サクラバ』への入社を機に私を迎えに来てくれたんだ。

当時、十二歳だった私を養うべく、姉は商品開発部で忙しなく働き始めた。社会人一年目、大人の付き合いもあるはずなのに私のことを心配してできるだけ毎日定時で帰ってきてくれた。

休日は一緒に過ごしてくれて、高校受験の際は親身に相談に乗ってくれたり勉強を見てくれたりした。

たったひとりの家族である姉は、私にとって唯一無二の存在だった。

そんな姉から恋人ができたと知らされたのは、私が十七歳の頃。すぐに挨拶に来てくれた相手は、なんと姉の勤め先であるサクラバの後継者である桜葉《さくらば》聡《さとし》さん。

姉と同い年で、仕事でなにかと顔を合わせる機会が多かったようで互いに惹かれ合ったそう。

最初はあまりに身分違いの恋に姉を心配したけれど、ふたりともお互いを強く想《おも》っているのが私にも伝わってきたし、なにより聡さんが姉のことを大切にしてくれているのがヒシヒシと感じられて、心から幸せになってほしいと願った。

それに聡さんは私のことも実の妹のように接してくれて、悩みを聞いてくれたり、姉と一緒に遊びに連れて行ってくれたりした。

姉いわく、聡さんは物腰が柔らかくて、とにかく優しい人。器が大きくて姉のすべてを受け入れる覚悟を持っているという。

姉の苦労を誰よりも理解していたし、姉も甘えられる人は聡さんしかいないとも言っていた。そんな話をふたりから聞かされたら、もう絶対に結婚してほしいと思うもの。

しかし、現実はうまくいかず……。聡さんにサクラバの後継者として取引先の社長令嬢との縁談話が出た。

そこで聡さんはご両親に姉を正式に紹介し、姉との結婚を真剣に考えていると伝えたらしい。だが、ご両親は姉との結婚を認めなかった。

私にはなにもできないことがもどかしくて、ただふたりの幸せを願うしかできなかった。

結果、ふたりは考えに考え、駆け落ちすることを決めたのだ。半年かけて準備を進めたふたりには一緒に行こうと言われたけれど、ちょうど大学受験を終えて進学先も決まっていた私は、本当にひとりで暮らせるのかと心配するふたりを笑顔で送り出した。

そして進学を機にひとり暮らしを始めた。

ふたりの駆け落ち先は海外のシンガポール。出国前に聡さんは密《ひそ》かに大学時代の友人と事業を立ち上げており、軌道に乗り始めているところだった。

それは見事に成功し、三ヵ月後にふたりから元気で幸せに暮らしていると連絡をもらった。

最初の頃は頻繁に姉と連絡を取っていたけれど、私も新しい生活に慣れるので精いっぱいで、やり取りは少しずつ減っていった。

でも便りがないのは元気な証拠だと思っていたし、ふたりで幸せに暮らしているのだと思っていた。

私も二年生になり、いよいよ病院での実習が始まって忙しない日々を送っていた頃、突然の悲報が届いた。

聡さんが通勤中に行方不明になった。なにかの事件や事故に巻き込まれた可能性があると地元警察に聞かされ、姉はとても動揺していた。

私も心配でまとまった休みをもらい、シンガポールへ向かう準備を進める中、聡さんの死亡が確認されたと連絡が入った。

窃盗に遭い、命を奪われたそう。聡さんが生きていると信じていたからまだ現実感がないと、姉から悲痛な思いを聞いて私は涙が止まらなくなってしまった。

運命は残酷で、ちょうど姉は妊娠三ヵ月だった。私には聡さんとふたりで近々報告するつもりだったと、声を震わせながら聞かされた。

私はただ姉の話を聞くことしかできず、気の利いた言葉ひとつもかけてあげることができなかった。

しかし私に話したことで心が落ち着いたのか、姉は冷静に今後のことを考え始めた。

聡さんとご両親に認めてもらえる日がくることを信じ、籍は日本《にほん》に戻ってから入れようと話していたそう。そのため、婚姻関係にない姉には、聡さんの帰国の手続きができなかった。そこで聡さんのことは大使館を通してご家族に連絡を取ってもらい、遺体を引き取りにきてもらうことにした。

姉は妊娠していることが聡さんのご両親に知られたら、子どもを取られるのを恐れ、ひっそりとひとりで帰国。

姉は、幼い頃、今は行方知らずの母に何度も連れられて訪れていた、母の実家があった福島県で暮らし始めた。

自然豊かで、今は亡き祖母との思い出が詰まった場所で、聡さんとの子どもを大切に育てたいと思ったそう。

愛する人を突然失った姉が心配だったけれど、姉はとても気丈で生まれてくる子どもとの新たな生活のために基盤を作っていった。

そして元気な男の子、翼が生まれたのだ。

翼が生まれたのが八月十五日で、夏季休暇中だった私は翼の出産に立ち会うことができた。姉は聡さんの忘れ形見を大切に抱きしめ、絶対にこの子を幸せにすると言っていたのをよく覚えている。

姉にとって翼は生きる希望であり、聡さんが生きていた証《あかし》でもあった。私もできる限りふたりのもとを訪れ、三人での時間を過ごした。

翼は元気に成長し、私にもよく懐いてくれて「しーちゃん」と呼んでくれるようになった。そんな翼に私はすっかりメロメロ状態で、会いに行く時は必ずおもちゃやお菓子を買っていったから、よく姉に怒られていた。

無事に理学療法士の資格を取得し、就職先も決まって働き始めてからも、週末は必ず翼と姉に会いに行っていた。

よく姉には、私たちに会いに来る暇があったら彼氏のひとりやふたり早く作りなさいって小言を言われていたけれど、私にとってふたりと過ごす時間がなにより大切で幸せだった。

だってたったふたりの家族だから。それに翼には父親がいない分、その寂しさを感じさせないように少しでも力になりたかった。

姉は私が現在勤めている整形外科の受付事務として働いていて、生活は決して楽ではなかったと思うけれど、翼とふたりで過ごす毎日がとても幸せだと言っていた。

聡さんが遺《のこ》してくれたお金もあるようだったが、それは翼の将来のために使うと決めており、どんな選択をしてもその道に進めるよう、姉も切り詰めて貯金を続けていた。

二歳半になった頃にテレビでサッカーの試合が流れると翼は夢中になり、それからすっかりサッカーが好きになったようで、三歳になったらサッカー教室に通わせて、将来はサッカー選手になっちゃうかもなんて言っていた頃が懐かしい。

姉は翼が三歳の誕生日を迎える二ヵ月前、三十三歳の若さで事故死した。朝の通勤途中に事故に巻き込まれたのだ。

本当に神様がいるなら聞きたい。どうして私の大切な人を次々に奪うのですか？どれだけ家族を失ったらいいのですか？　と。

私が連絡を受けて会いに行った時には、姉の身体《からだ》は冷たくなっていた。ベッドに横たわる姉を見ても実感が湧かなくて、夢であってほしかった。翼を幸せにするって言っていたじゃない。聡さんの分まで精いっぱい生きるって言っていたのに。何度訴えても姉からの答えは返ってこなくて、私は泣き崩れた。

どれくらいの時間、泣き続けただろうか。病院から姉の遺品を渡された。汚れたバッグの中には姉の貴重品とともに、翼が作った手作りの折り紙のお守りが入っていた。

お守りと静かに眠る姉を見たら、また涙が溢《あふ》れた。

たくさん泣いた後、泣いたことがバレないように念入りにメイクをして保育園にいる翼を迎えに行った。

その道中、まだ姉の死も受け入れることができていない状態でこれからどうしたらいいのかなんて、考えても答えはすぐに出なかった。ただ、翼に姉の死をどうやって伝えたらいいのかだけを考えていた。

だけどいざ翼を迎えに行って、私が来たことを翼は喜んでくれて私の胸に飛び込んできた。

そして笑顔で「しーちゃん、会いたかったよ」と言われた瞬間、涙が零《こぼ》れ落《お》ちた。考えるまでもない、姉が遺した翼を私が大切に育てるんだ。それが献身的に支えてくれた姉にできる、唯一の恩返しでもある。

突然泣き出した私に戸惑っていた翼に、姉は仕事でしばらく帰れないこと。私とその間は一緒に暮らそうと伝えた。

ただでさえ父のいない寂しさを抱えている三歳の翼に、姉の死を伝えることはできなかったし、なんて言って知らせたらいいのかもわからなかったから。

生前、姉は聡さんの死を翼が理解できる年齢になったら伝えると言っていた。それが何歳かはわからないけれど、翼が受け止められる時がきたら知らせようとしていたようだ。

姉の思いを引き継ぎ、両親の死は私が翼に受け止められると判断した時に伝えようと決めた。そのため姉は、私がひとりで送り出した。

私はすぐに勤め先を退職し、荷物をまとめて福島へ引っ越してきた。姉と翼が暮らしていたアパートで新生活をスタートさせ、事情を知る整形外科の院長の計らいで働かせてもらえるようになり、慣れない子育てをしながらこれまでどうにか翼とふたりで生きてきた。

最初の頃は突然いなくなった姉に不安を感じ、頻繁に夜泣きしていた翼だけれど、徐々に姉のいない私とのふたりの生活に慣れていった。

翼に姉の死を伝えたのは、四歳の誕生日だった。姉はお空にいる翼のパパに会いに行ったんだよと伝えたところ、翼なりに理解してくれたようで、聡さんのことも昔から感じていたようだ。

「じゃあママとパパ、寂しくないね。僕もしーちゃんがいるから寂しくないし、みんな幸せだね」と言ってくれた。

翼の言葉を聞いて、涙が止まらなかった。翼には「しーちゃん、泣き虫だね」って言われちゃったけれど。

裕福な生活とまではいかないけれど、ふたりで暮らすには十分な収入があり、子育てにも慣れてきた。

今はとにかく翼が大切で愛《いと》おしくてたまらない。

「しーちゃん、僕ねー、このお菓子《かし》が食べたい」

スーパーで買い物中、愛らしく首を傾げてお願いされたら、甘やかしたらだめとわかっていてもつい許してしまう。

「じゃあひとつだけね」

「うん！　ありがとうしーちゃん！　明日、ふたりで食べよーねー」

満面の笑みで言われ、自然と私まで頬が緩む。

「あ、しーちゃん。明日、サッカー教室のみんなにお土産買ってもいい？　前にね、健君《けん》からもらったから、僕もみんなにあげたいんだ」

「もちろんいいよ、明日一緒に選ぼうね」

「やったー！　明日楽しみだなー」

翼は去年から地元のサッカー教室に通っている。練習日の毎週日曜日が待ち遠しいようで、すっかりサッカーに夢中だ。将来の夢は、サッカー選手だそう。

サッカー教室でも友達が大勢できたようで、話を聞いていると微笑《ほほえ》ましくなる。

会計を済ませ、買ったものを詰め終わると、翼は小さな袋を持ってくれた。

「え、いいよ翼。私が持つから」

小さい袋とはいえ、けっこう重さがある。心配になって言ったが翼は「大丈夫」と言って袋を渡してくれない。

「僕は男の子だから。それにこれくらい持てなくちゃしーちゃんの旦那さんになれないでしょ？」

「え？　旦那さん？」

四歳らしからぬ発言に目を白黒させる私に、翼は得意げに話し出した。

「うん！　僕たち結婚したらしーちゃんが奥さんで、僕が旦那さんになるんだよ。だからね、しーちゃんはもっと僕を頼っていいんだからね」

なっ……！　なに？　この尊い生き物は。そういえば最近、保育園の先生が女の子がおませさんで、男の子にリアルなおままごとを強要していて困っていると言っていた。

翼も女の子に色々言われたのかな？　それにしても発想が可愛《かわい》すぎる。それに翼ってば私と結婚するつもりでいるの？　もう翼のすべてが可愛い。

静かに悶絶《もんぜつ》する私を知る由もない翼は、「行くよ、しーちゃん」と男気を見せて歩き出したものの、やはり袋が重いようですぐに足を止めた。

「こんなはずじゃなかったのに」

落ち込む翼さえ愛おしい。

すぐに駆け寄り、片方の取っ手を持った。

「翼、半分こしよ」

「でも……」

「私は翼と半分こしたいな。奥さんのお願いを叶《かな》えてあげるのが旦那さんじゃないの？」

すると翼は目を輝かせ、「そうだね！」と納得してくれた様子。仲良くふたりで荷物を持って駐車場へと向かった。

帰宅後はいつも慌ただしい。夕食の準備と同時にお風呂も洗って洗濯物を取り込み、畳む。翼も手伝ってくれるようになり、怪我しないようにできることをしてもらっている。

食事を済ませた後は仲良く入浴し、歯磨きをして寝かせるのだけど、大抵はいつも一緒に寝落ちしてしまう。

でも今夜は明日のお弁当の下準備があったため、頑張って寝ずに起き上がり、翼が好きなおかずの準備を進めた。

「翼、喜んでくれるかな」

ふたりで出かけるのは三ヵ月ぶりで、遊園地に行くのは初めてだった。私自身も行くのは久しぶりで楽しみ。

最後にバッグに着替えなどを詰めていると、リビングの棚に飾られている姉と聡さんの写真に目がいく。

「遊園地、お姉ちゃんも聡さんも翼と行きたかったよね」

姉は翼が乗り物に乗れるようになる、三歳になってからデビューさせると言っていた。だから翼とは一度も行けていない。聡さんは翼の顔を見ることもできなかった。

ふたりの気持ちを考えると胸が苦しくなり、姉の死後、二年も経っているというのにいまだに泣きそうになる。

きっとこの先もずっと姉のことを思い出したら泣いちゃうんだろうな。

「ひとりで泣くならいいよね、お姉ちゃん」

笑顔で写る写真の中の姉に声をかけ、溢れた涙を拭った。


次の日、朝から雲ひとつない青空が広がっていた。楽しみで仕方がなかったのか、翼はいつもより早く目が覚め、お弁当作りを手伝ってくれた。小さな手でおにぎりを握り、私の分も握ってくれた。

Tシャツにキャップを被《かぶ》り、お揃いコーデに着替えて家を出た。車内では翼は自作の遊園地の歌を口ずさむ。

といってもひたすらリズムに合わせて「遊園地〜」と言っているだけだけれど、それがまた可愛い。

向かった先は県内にある遊園地。入園料は無料でアトラクションはもちろん、アスレチック広場もあり、子どもには一日中楽しめる場所だ。

「しーちゃん！　僕、あれに乗りたい！」

園内に入るや否や、翼が目を輝かせて指差したアトラクションはゴーカートだった。

「わかったよ」

翼に手を引っ張られて列に並び、ふたりで楽しんだ。その後も翼が乗りたいと言うアトラクションに乗っていく。

ひとしきり乗った後は、芝生広場にレジャーシートを広げてふたりで作ったお弁当を食べた。

翼が作ったおにぎりはちょっぴりしょっぱかったけれど、汗をたくさんかいたから塩分が補給できてちょうどいい。

大好きな玉子焼きや唐揚げを翼は何度も「美味《おい》しい」と言って食べてくれて、昨夜から準備をした甲斐《かい》があった。

お腹《なか》がいっぱいになった翼は、今度はアスレチックで遊び出した。危ないから一緒に遊んでいたら、昔よく姉と近くの公園で遊んだことを思い出し、純粋に楽しんでしまった。

「翼、ちょっと休憩しよう」

「そうだね、僕、喉が渇いた」

アスレチックで二時間思いっきり遊んだおかげで汗だくになり、喉もからから。水筒のお茶は飲み切っていたため、園内にある売店へと向かった。

かき氷も売られていて、すぐさま翼が反応した。

「しーちゃん、僕、青いの食べたい！」

翼の言う青いのとは、ブルーハワイ味のようだ。

「ジュースじゃなくていいの？」

「うん！　あ、でもお腹痛くなっちゃうから半分こね」

「ふふ、わかったよ」

売店の列に並び、順番を待っていると、急に背後から腕を掴《つか》まれた。びっくりして振り返ると、そこには遊園地にはそぐわないスーツを着た男性が、なぜか私の顔を見て目を丸くさせた。

しかし男性は私の顔を凝視するだけで、一向に言葉を発しない。

身長は一八五センチ近くあるのではないだろうか。程よく筋肉が付いていてスーツがとてもよく似合っている。

艶のある黒髪は綺麗《きれい》にセットされていて、額が出ているから切れ長の瞳がより際立つ。筋の通った鼻に厚みのある唇。

クールな印象といえば聞こえはいいが、あまりに顔が整っているからだろうか。少し怖くもある。無言だから怒っているようにも見えてしまうし。

しかしこの男性はいったい誰なのだろうか。こんな男前な人、知り合いだったら絶対に忘れないはず。

「え？　あ、あの……？」

たまらずこちらから声をかけると、男性は戸惑いながらも口を開いた。

「突然すまない。その……人違いだったら申し訳ないのだが、天瀬香織さんだろうか？」

まさか今になって姉を知る人と会うとは思わず、耳を疑う。驚いてなにも言えずにいたら男性は焦った様子で話し出した。

「やっぱり香織さんなのか？　今までどこにいたんだ!?　どれだけ俺たちがあなたの行方を捜していたかっ……！」

姉だと思われていることに気づき、慌てて否定した。

「すみません、私は姉ではありません。妹の汐里です」

「妹……？　そう、だよな。最後に会ったのはかなり前なのに、少し若いと思った」

私が姉じゃないとわかると、明らかに落胆する男性に心が落ち着かなくなる。

この人はいったい誰？　姉とはどんな関係だったの？

緊張が増す中、一緒にいた翼は不思議そうに男性と私を交互に見つめた。

「しーちゃん、この人誰？」

男性はここで初めて翼の存在に気づいたようで、大きく目を見開いた。

「え？　この子はもしかして……？」

翼を庇《かば》うように一歩前に出る。

「失礼ですが、あなたは？」

相手の身分もわからないのに、こっちから素性をばらすことはしたくない。警戒心を持って聞くと、男性は慌ててスーツの内ポケットから名刺入れを手に取った。

「すまない」

そう言って渡された名刺を見ると、そこには〝サクラバ食品会社　副社長　桜葉海《かい》斗《と》〟と書かれていた。

「桜葉って……もしかして聡さんの……？」

そこまで言いかけると彼は悲しげに瞳を揺らした。

「聡は六年前に亡くなった俺の兄だ。キミも知っているんだな、兄さんが亡くなったことを」

探るように聞かれ、思わず視線を落とした。

待って。さっきこの人、姉を捜しているようだったよね？　生前、姉は聡さんの家族に翼の存在を知られたら取られると恐れて、ひっそりと帰国して福島で生活を始めた。

じゃあずっと捜していたのは姉ではなく、聡さんの忘れ形見である翼だった？　さっきも『もしかして……』って言っていたし、翼が姉と聡さんの間にできた子どもだと気づいたから、あんな顔をしていたの？

きっとそうだよね、だって翼は聡さんの面影が残っているもの。

そこに考えが行き着き、急いで翼を抱き上げた。

「どうして今になって姉を捜しているのかわかりませんが、翼は絶対に渡しません」

「ちがっ……！　違うんだ、決して香織さんとキミからその子を奪うつもりはない。だから一度香織さんも交えて話をさせてほしい」

真剣な表情を見るに、嘘《うそ》を言っているようには見えない。それによく考えれば、翼にとって私以外に血のつながりのある家族だ。

聡さんと姉が突然この世を去ったように、私の身にもなにが起こるかわからない。両親は恐らく生きていると思うが、今さら私たち、ましてや孫の翼に関心を示すようには思えない。

万が一に翼がひとりになってしまった時、親族がいるのといないのとではまったく違う。

翼を引き取りたいわけでもなさそうだし、姉を捜していた理由も気になる。とりあえず彼の話を聞いてみるべきでは？

その結論に至り、彼の様子を窺《うかが》う。

「あの、お話だけなら……」

「本当か？　ありがとう」

私の返事を聞いてホッとした彼だが、遠巻きに様子を窺っていた秘書らしき女性に「副社長、お時間です」と声をかけられた。

「そうだった、この後打ち合わせが入っていたんだ。すまない、今夜改めて時間をもらえないだろうか？」

「わかりました」

すると彼は名刺の裏に連絡先を書いてくれた。

「場所と時間はキミたちに任せる。香織さんと決めて連絡をくれ」

「あっ……」

再び秘書に「副社長、先方がお待ちです」と声をかけられ、彼は慌ただしく去っていった。

まるで嵐が去った後のようだ。一瞬の出来事に呆然となる。

でも向こうは仕事で来ていたようだし、偶然姉に似た私を見つけて声をかけてきた感じだったよね？　しかし、姉を捜しているようでもあった。

咄嗟《とっさ》に今夜会う約束をしてしまったけれど、なにを思って捜していたのかわかるまでは油断できないから気をつけないと。

「しーちゃん、誰だったの？」

「え？　えっとね……」

翼に興味津々の目で聞かれ、返答に困る。どうしよう、なんて答えるべき？　でも今夜会う約束をしたわけだし、下手に隠すべきではないのかも。

「あの人はママとパパを知っている人、かな」

「ママとパパ？　僕の⁉」

「うん、そうだよ」

両親の話が出た途端、翼は「じゃああの人、僕のことも知ってるのかな？　でも僕はあのおじさんのことわからないや」と頭を悩ませた。そんな翼に和まされる。

「うん、知らないよね。だから今夜、会ったらちゃんとご挨拶をしようか」

「あ！　そうだよ、僕たちちゃんとご挨拶できてなかったよ？　前に先生が初めて会った人には名前を言わなくちゃいけないって言っていたのに……。大変だ、先生に怒られちゃう」

本気で心配してあわあわし出した翼には悪いけれど、たまらず笑ってしまった。

「え？　どうしてしーちゃん笑ってるの？　しーちゃんだって先生に怒られちゃうんだよ？」

少しムッとしたようで頬を膨らませる翼の姿に、ますます笑いが止まらなくなる。

「ごめん。……そうだね、私も翼も先生に怒られちゃうから、ちゃんとご挨拶をしないとね」

「そうだよ、しーちゃん！　約束だからね」

「うん、わかったよ」

翼と指きりし、再び売店の列に並んだ。

ブルーハワイ味のかき氷を頬張る翼を見ながら、私はさっき渡された名刺の裏に書かれている連絡先をスマホに登録する。

電話番号とメッセージアプリのIDが書かれていて、どっちに連絡するべきか迷ったが、さっきこれから打ち合わせみたいなことを言っていたし、メッセージで連絡を取ったほうがいいよね。

そう思い、さっそく彼にメッセージを送った。

翼のためにも、彼に会ってちゃんと話を聞こう。……その前に姉のことも伝えなくてはいけない。

彼はまだ姉の死を知らないようだった。そして、翼のことは亡くなった姉のためにも責任を持って私が育てるつもりだということも伝えるんだ。

私にとってたったひとりの家族をそう簡単に奪われたくない。

「しーちゃん、はい、あーん！」

スプーンに山盛りのかき氷をのせて私に差し出してくれた、この愛おしい天使を。

尊敬する兄の忘れ形見　海斗SIDE

三つ上の兄の聡は、ずっと俺の憧れであり、かけがえのない存在だった。父は大企業の社長ということで忙しなく、会えるのは年に数えるほど。

父に代わって母がたくさんの愛情を注いでくれたが、やはり休日は友達がそうであるように家族全員で遊園地や水族館に行きたかったし、運動会では父に一緒に走ってもほしかった。

そんな俺の気持ちを誰よりも理解してくれていたのが兄で、自分も抱いた寂しさを俺には抱かせないように、なにかと気にかけてくれた。

どんなことも話せて、心からすべてを許せる存在だった。

会社は兄が継ぐことが決まっていたし、俺は兄のサポートに徹するつもりでいたが、実際に社会人になって働いてみて、俺自身も仕事をする楽しさを見出《みいだ》していった。

いつからか、自分で一から始めてみたいとも思い始めた頃、兄が駆け落ちをした。

兄には将来を誓った相手がおり、それなのに両親がふたりの結婚に大反対したための苦渋の選択だった。

父は、優等生だった兄なら会社のために自分の決めた相手と結婚してくれると思っていたのだろう。

とんだ勘違いだ。愛する人がいるのに裏切るなんて、あの優しい兄がすると思っていたのだろうか。

兄は俺にだけは海外に駆け落ちすることを打ち明けてくれて、自分がいなくなることで俺に苦労をかけてしまうのを悔やんでいた。

本当に最後まで優しい兄だった。だからこそ俺は笑顔で送り出したんだ。

幼い頃、兄も寂しかっただろうに、俺がいる手前それを表に出すことはなかった。それは大人になっても変わらず、後継者としての厳しい教育にも耐え続け、入社してからだって風当たりが冷たかった。

そんな中で出会えた相手は、兄にとって最愛の人で誰よりも大切な存在だと幸せそうな顔で言っていた。

彼女はどんな自分も受け入れてくれて、支えてくれる。俺が無一文になってもいいとまで言ってくれたと惚気話《のろけばなし》まで聞かされたほど惚《ほ》れ込《こ》んでいた。

一度だけ少しの時間だが会わせてもらったことがある。綺麗より可愛いという言葉が似合う、愛らしい女性だった。しかし、実際に話してみるとしっかりしていて、互いを想い合っているのが、ひしひしと伝わってきた。

今度はゆっくりと食事でもしようと約束して別れたのが最後だった。

兄を送り出した時は何年、何十年先かわからないが、また会えると信じていた。しかしそれは叶わず。仲睦《なかむつ》まじいふたりの姿を見ることは、永遠にできなくなってしまったんだ。

最後に兄が俺に残した言葉は、送り出した際に言われた『お前も愛する人と幸せな人生を生きてくれ』だった。

東京《とうきょう》駅から新幹線に乗り、向かう先は福島県。

「副社長、こちら本日のスケジュールと打ち合わせの際の資料です」

秘書の如月愛実《きさらぎあいみ》から資料を受け取り、目を通していく。

「ありがとう」

大学を卒業後、兄の後を追って入社したのは父が社長を務めるサクラバ食品会社。カップ麺や菓子、レトルト食品など幅広くの商品を開発、製造、販売をしている。

国内食品製造会社の大手であり、総従業員数は一万五千人ほど。近年では世界各国への輸出も好成績を上げている。

商品開発部や営業部で働きながら下積み時期を過ごし、二年前の三十歳で副社長に就任した。

ここまでくるのは、決して楽な道ではなかった。兄と比べられて心ない言葉を言われ、俺の副社長への就任の際は反対の声もあった。

正直、今も俺が次期後継者として働くことに不満を漏らす者もいる。

それというのも、最初から経営に携わっていた兄とは違い、俺は現場から入って下積みをしてきた。そのため、上層部からは見定められているところがある。

実際に社内では俺を後継者として推す社長派と、新たな風を入れるべきだという専務派に分かれていた。

これまで多くのヒット商品を生み出し、実力で今の地位まで駆け上がった専務を次期社長に……という動きが、俺が副社長に就任してからというもの活発になっている。

些細《ささい》なことだが、業務に支障をきたす嫌がらせも何度か受けたことがあった。

そのため、不測の事態に備えて護身術も身につけている。

そこまでして頑張ってこられたのは兄のためだ。優しい兄のことだから、自分がいなくなった途端に業績が傾いたら責任を感じるはず。

だから現場から経営に回り、新規部門を立ち上げて海外展開にも尽力した。これまで以上に会社を盛り上げて、兄が安心して愛する人と幸せに暮らせるよう努力を重ねてきた。

それも六年前に無意味なものになったが、きっと兄なら空の上から心配で見守ってくれていると思うんだ。なにより俺が兄亡き今も副社長として奔走している大きな目的は、兄の忘れ形見である子どもの存在を知ったからだった。

俺たちが兄の遺体を引き取りに行った時には、兄の恋人だった香織さんは姿を消していた。ふたりが暮らしていたという家に向かっても、そこに彼女の姿はなかった。しかしそこで近所の人から、思いもよらぬ話を聞いたのだ。香織さんは兄の子どもを身ごもっていて、来年出産予定だとふたりから報告を受けていたという。まだ安定期にも入っていないのにこんなことになり、近所の人たちは香織さんの身を案じていた。

帰国後、兄の葬儀を終えて俺たちは香織さんの行方を捜し続けた。

ふたりが無事で暮らせているのか心配だったのもあるし、両親は香織さんに謝りたい、ひとりで子どもを育てるのは大変だろうから、少しでも力になりたいと願っていた。だが、俺たちは香織さんのことをほとんど知らず、これといった手がかりは掴めずにいた。

でもきっと駆け落ちするほど兄を愛してくれた人だ。どこかで兄の忘れ形見を大切に育ててくれているに違いない。

その希望を胸に、いつか会うことが叶ったなら、少しでもふたりを支えられる人間になっていたい。そして、本来その子が継ぐべきだった会社を今まで以上に大きくして渡したいと思っている。

もちろん無理強いはしないが、その子が継ぎたいと思ったなら喜んで俺の立場を受け渡そうと考えていた。

その日がくることを信じて、今日の仕事も成功させなければならない。

海外への商品展開が成功したこともあり、今後は国内の、とくに地方との独自施策などの結びつきを強める目的のプロジェクトを始めている。

第一弾として地方の遊園地と共同開発することが決まった。売店で販売するお菓子の土産物と、レストランで提供する料理を予定している。

地方の特産品を使用したものをと考えているのだが、さらに目を引くインパクトが欲しいところ。

それが今日の担当者との打ち合わせで出るといいのだが……。

頭を悩ませていると、如月が一枚の資料を俺に差し出した。

「副社長、こちら福島県の特産品と観光名所、世界遺産に登録されている場所などを写真とともにまとめてみました。ぜひ本日の打ち合わせにご活用ください」

如月は二十八歳の若さながら、秘書課の中で誰よりも仕事ができる。頼んでいないことも先読みして準備してくれることはしょっちゅうで、まるで俺の考えを理解しているようだった。

「ありがとう、いつも助かるよ」

「いいえ、秘書として当然のことをしたまでです」

それでいて謙虚で、どんな事態に陥っても落ち着いて対処できるスキルも持ち合わせている。副社長就任とともに俺に如月を付けてくれた父に感謝しかない。

到着までの間、如月が作った資料を読み込んで打ち合わせに備えた。

駅からタクシーに乗って遊園地へと向かい、まずは園長から施設内の説明を受けた。実際に販売する売店やレストランの立地や時間ごとの客入りなど、直《じか》に目で見て確かめていく。

「商品によっては、こちらの売店でも販売できたらと考えているんです」

そう言って案内されたのは、園内の中心部にある売店だった。軽食を販売しており、今日は暑いからか、かき氷がよく売れているようだ。

そんな時、園長のスマホが鳴った。

「っと、すみません。事務所からの呼び出しが……」

「大体は案内してもらったので大丈夫ですよ、俺も打ち合わせの時間までもう少し見て回って戻りますので」

「そうですか？　すみません、どうぞご自由に見て回ってください」

園長は何度も頭を下げて慌てて事務所へと向かっていった。

「副社長、せっかくですし、珈琲《コーヒー》でも買ってきましょうか？」

「そうだな、如月はあそこで待っててくれ。俺が買ってくる」

「え？　しかし……」

「いいから。少し休むといい」

朝は早かったし、新幹線の中でもずっと持参したパソコンで仕事をしていたのだから。

「ありがとうございます。ではお言葉に甘えて席でお待ちしています」

「あぁ、買ってくる」

如月をベンチに座らせ、売店へと向かう。

数人の列ができており、最後尾に並ぼうとしたところ、二組前にいるある女性に目が釘付《くぎづ》けになる。

「香織さん……？」

一度だけ兄に会わせてもらった香織さんに似ている女性がいて、足が止まる。しかし、香織さんよりも幼い印象を持ち戸惑う。

いや、でもあれほど似ている女性がいるだろうか。歳《とし》を重ねて若々しくなる人もいると聞くし、彼女が香織さんの可能性もある。そう思ったら足が勝手に動いていて、声をかけて会う約束までするという自分でも思いがけない行動に出たのだった。

「副社長、本日のスケジュールはすべて終了いたしました。……市内のホテルに向かわれますか？」

様子を窺いながら聞いてきた如月に対し、俺は首を横に振った。

「行くところができたから、タクシーを一台呼んでくれ。如月は先に戻って休んでいいから」

「……ご同行しなくてもよろしいのですか？」

「あぁ、プライベートな用事だから、気にせずホテルに向かってくれ」

打ち合わせ中もずっとスマホが気になって仕方がなかった。終わってすぐに確認をすると汐里さんから連絡がきており、彼女たちが暮らす家の近くのファミレスで会えることになった。きっと香織さんも連れてきてくれるのだろう。

「父さんと母さんには、まだ言わなくていいよな」

まずは俺が会ってから報告すればいい。

タクシーの車内で、香織さんに会ってからのことを考える。

なにより先に謝罪をしたい。兄から結婚の話が出た時、俺も両親を説得すればよかったと後悔している。俺に言われたら、父と母も反対することをやめ、ふたりが一緒になることを認めていたかもしれない。

両親も兄がいなくなってから後悔をしていた。それほど本気だったなら、反対しなければよかったと何度も悔いていて、その気持ちは兄が亡くなってからよりいっそう強くなった。

しかし兄に子どもがいるかもしれないという一筋の光を見つけ、いつか孫に会える日を願っていた。

香織さんに謝罪し、兄の悲報を知らせてくれたことや子どもをひとりで育ててくれたことに感謝の気持ちを伝えたいと言っている。できるなら孫に会いたいとも。

きっと先ほど一緒にいたあの子が兄の子どもなのだろう。驚くほど幼い頃の兄にそっくりだったから、すぐにわかった。

あの子に会いたいという両親の夢をいつか叶えてやりたい。だからまずは俺ひとりで会いに行くのがいいだろう。少し緊張しながらタクシーに揺られていった。

約束の場所に到着して店内に入ると、休日の夜ということもあって家族連れで混雑していた。

店員に待ち合わせだと伝えて店内を見回すと、窓側のソファ席で並んで座るふたりの姿があった。仲睦まじい様子で一緒にメニュー表を見ている。

ゆっくりとふたりのもとへ歩を進めていく。少しして俺に気づいた汐里さんが立ち上がった。

「こんばんは。……遠くまで来ていただいてしまい、すみませんでした」

「とんでもない、こちらこそ時間を作ってくれて本当にありがとう」

先ほどとは違い、警戒はされていない様子に胸を撫《な》で下《お》ろす。

ふたりの正面のソファ席に座ると、彼女も腰を下ろした。しかし、どんな目的で香織さんに会いたいと言ったのかわからないためか、俺の様子を窺っている。

すぐに誤解を解きたいところだが、肝心の香織さんの姿がなく拍子抜けしてしまう。

いや、休日に妹に息子を預けるくらいだ、きっと仕事だったのだろう。もう少ししたら来るのかもしれない。その間、俺が繋《つな》ぐべきだ。しかし子どもへの接し方はわからないし、汐里さんもまだ若いよな？　大学生くらいだろうか。

改めて正面で見る彼女は、愛らしい容姿をしている。しかしあの大きなクリッとした目で見つめられると、照れくさくなるのはなぜだろうか。

それもあるが普段は頭の固い年上とばかり接していたせいで、彼女たちとなにを話せばいいのかと頭を悩ませていると視線を感じた。

チラッと見ると、俺と目が合った男の子はビクッとして汐里さんにぴったりとくっ付いた。

もしかして俺の顔が怖いのだろうか。よく部下から、怒っていないのに怒っていると勘違いされるくらいだ。子どもから見たら俺の顔は恐怖なのかもしれない。

どうしたものかと戸惑っていたら、汐里さんが男の子にコソッと言った。

「ほら、翼。さっきまであんなに上手にできていたじゃない。頑張って」

「う、うん。僕、頑張る！」

汐里さんに言われて気合いを入れた男の子は、真っ直ぐに俺を見つめるものだから自然と背筋が伸びる。

「はじめまして！　天瀬翼、四歳です！　好きなことはサッカーです！」

言い終えると男の子、翼君はドヤ顔で汐里さんに褒めてと言わんばかりに抱きついた。

なんだ？　この可愛い生き物は。

「よく言えたね翼。偉い」

「えへへー」

汐里さんに頭を撫でられ、翼君はご満悦な様子。ふたりを見ていると思わず「可愛い」と言いそうになる。

「じゃあ次はしーちゃんの番だよ」

「そ、そうだね」

翼君に言われ、汐里さんは躊躇《ため》いがちに一枚の名刺を俺に差し出した。

「改めまして、翼の叔母の天瀬汐里です」

「ありがとうございます」

名刺を受け取って見るに、市内の整形外科で理学療法士として働いているようだ。

歳は……かなり若いよな？　大学を出たばかりだろうか。

「はい、それじゃ次はおじさんの番ね」

お、おじさん……。いや、翼君から見たら俺は本当に叔父にあたる。それに三十二歳ともなれば、立派なおじさんだろう。

しかし、こんなにもショックを受けているのはあまりに可愛い翼君に言われたからだろうか。

「おじさん？」

様々な思いで頭を巡らせていたら、翼君に声をかけられた。

「あ……すまない。その、初めまして。桜葉海斗といいます」

「海斗君だって、しーちゃん」

「そうだね」

無邪気な翼君に、汐里さんはチラッとこちらを見て目で「すみません」と謝ってきた。それに対し、俺は小さく首を横に振る。

ずっと会いたいと願っていた甥っ子に「海斗君」と呼ばれて嫌に思うわけがない。

「俺も翼君、汐里さんと呼んでもいいだろうか」

俺がそう言うと、ふたりは顔を見合わせた。そして翼君は満面の笑みで「もちろんだよ！」と言ってくれた。

「はい、大丈夫です。……私も桜葉さんではなく、海斗さんとお呼びしてもよろしいでしょうか？」

「もちろん。好きに呼んでくれ」

名前で呼んでくれるということは、少しは警戒心を解いてくれたのかもしれない。とはいうものの、ここ最近は家族や友人以外に下の名前で呼ばれたことがないから、照れくさくもある。和やかな雰囲気になったところで、翼君はお子様ランチを、俺と汐里さんはドリンクバーをそれぞれ注文した。

「それで香織さんはいつこちらに？」

珈琲を飲んで一息ついたところで尋ねたところ、急に汐里さんの顔がこわばった。

「汐里さん……？」

もしかして来られなくなったのだろうか。気になって彼女の名前を呼んだところ、オレンジジュースを飲みながら翼君が答えてくれた。

「香織さんってママのことだよね？　ママはねー、パパのいるお空にいるんだよ」

「え――」

思いがけない話に汐里さんを見ると、大きく瞳を揺らした。

「すみません、先ほどお伝えできず。……姉は二年前に……」

汐里さんは翼君がいる手前、言葉を濁したが理解できた。

「知らなかったとはいえ、色々とすまなかった」

亡くなった姉のことを聞いたり、見間違われたりされてどんな思いだっただろうか。

現に俺もいまだに兄を亡くした傷が癒えていない。兄の話を聞くと涙腺が緩むこともある。きっとそれは彼女も同じだろう。その思いで謝ったが、汐里さんは手を横に振った。

「言わなかった私が悪いので謝らないでください」

ちょうど翼君が注文したお子様ランチが届き、彼女は慣れた様子で取り皿にご飯やおかずを載せた。

「はい、どうぞ」

「いただきまーす」

元気よく手を合わせてパクパクと食べる姿は微笑ましい。その間も汐里さんは翼君の世話を続けている。普段から翼君の面倒をよく見ているのだろうか。

「翼君は今、汐里さんのご両親とともにご実家で生活を?」

「いいえ、私とふたりで暮らしています」

「ふたり？　ご両親は？」

驚いて思わず聞き返せば、汐里さんは翼君の頬についたケチャップをナプキンで拭きながら話してくれた。

「お恥ずかしい話、両親は早くに離婚し、母に育ててもらっていたのですが、その母も恋人を作って行方知れずでして……。音信不通でどこでなにをしているのかわかりません」

「そう、だったんですか」

ちょっと待ってくれ。それじゃ汐里さんには頼れる身内がいなかった？　香織さんが亡くなってからの二年間、彼女がずっとひとりで翼君を育ててくれていたというのか？

「これまでどうやってふたりで生活を？」

「今の勤め先、元々姉が事務員として働いていたところでなにかと融通が利くんです。周りの人たちに助けてもらいながら、どうにか……。あ、でもつらいことなんてないんですよ。翼のおかげで毎日が楽しくて幸せなんです」

愛おしそうに翼君を見つめる汐里さんを目の当たりにしたら、決して強がりではなく本心だとわかる。

だから初めて会った遊園地で、彼女は翼君を渡さないと言ったのか？　そりゃそうだよな、たったひとりの大切な家族だ。

彼女にとって翼君の存在がどれだけ大きいか容易に想像できる。

「先ほども言ったが、決して俺は……俺たち家族は汐里さんから翼君を奪うつもりはないことをわかってほしい」

汐里さんを安心させたい一心で言ったものの、彼女は腑《ふ》に落ちない様子で俺を見つめる。

「それでは、どうして姉を捜していたんですか？　翼の存在も知っていたんですよね？」

「それは話すと長くなるんだが……」

俺はこれまでの経緯を包み隠さずに彼女に伝えた。両親はふたりの結婚に反対したことを後悔していたこと。

ふたりがいなくなり、幸せでいてほしいと願いながら必死に行方を捜していたこと。そして、悲報を受けてから兄が住んでいた場所へ赴き、そこで香織さんとふたりでどれほど幸せに暮らしていたかを聞き、妊娠していたことも知って香織さんの行方を捜し続けていた。

それは決して香織さんから子どもを奪うつもりではなく、ただこれまで親らしいことができなかった分、手助けしたいという思いからだということ。

なにより兄の忘れ形見である孫に、一目会いたいという切実な願いもすべて。

汐里さんは口を挟まずに聞いている最中、時折目を潤ませ、ハンカチで涙を拭っていた。

「そうだったんですね。……私はてっきり聡さんのご両親はずっとふたりの結婚には反対していて、失礼ながらその、聡さんが亡くなってしまったことで姉に対して恨みを持っているとばかり思っていました」

正直に話してくれた彼女に、苦笑いしてしまう。

「いや、そう思われても仕方がない」

両親はふたりのことを、頭ごなしに大反対したそう。当時はそれが兄のためだと信じていたとはいえ、もっとふたりの話を聞くべきだったと両親は心から悔いていた。

「姉と聡さんの幸せを願っていたのは私だけじゃなかったんですね。……きっと姉たちは喜んでいると思います」

両親の気持ちを兄も香織さんも最後まで知れなかったと思うと心が痛む。本来ならなにも異国に行かずとも、住み慣れた場所で幸せになれるはずだったのに。

「それに私が最愛の家族を亡くしたように、海斗さんご家族も大切な家族を亡くされたということに思い至りませんでした。……すみません」

「謝らないでほしい。俺たち家族こそ汐里さんが翼君をひとりで育ててくれていたのに、力になれずにすまなかった。……兄と香織さんの子どもを大切に育ててくれてありがとう」

三歳で母親を亡くしたというのに、これほど素直で元気に育ったのは汐里さんがたくさんの愛情を注いでくれたからだろう。

「そんな……。感謝されることはなにもしていません。それに先ほどもお伝えしましたが、姉の死から立ち直れたのも、こうして私が今、幸せに暮らせているのも翼のおかげなんです。助けられているのは私のほうなんですよ」

そう言って笑う彼女の目は赤くなり、零れた涙をそっと拭った。

「それに私、姉に育てられたようなものなんです。一足先に孤児院を出て大学まで進学し、卒業して就職した姉はすぐに孤児院にいた私を迎えに来てくれました。そこからは私を支えてくれて、大学まで行かせてくれました。聡さんにも進学のことや些細なことで相談に乗ってもらい、ふたりに遊びにも連れて行ってもらって、実の妹のように接してくれたんです」

「そうだったのか」

俺も兄から駆け落ちする前に香織さんと一度だけ会わせてもらったが、汐里さんはもっとずっと前からふたりと多くの時間を過ごしてきたんだな。

「はい。本当にふたりには返せない恩がたくさんあるんです。恩返しすることは一生叶わないですが、それはきっと翼をふたりに代わって立派に育てることで果たせると勝手に思っていて」

「しーちゃん、開けて」

翼君がご飯を食べ終えたようで、デザートのゼリーの蓋を開けてと汐里さんにせがんだ。

「はい、どうぞ」

素早く開けて彼女はゼリーとスプーンを翼君に渡した。

「ありがとう、しーちゃん！」

笑顔でお礼を言う翼君を見て、汐里さんは目を細める。

「でも時々、立派に育てるってなんだろうって考える時もあるんです。翼には多くの選択肢を与えたいですし、いつか夢ができたら、諦めないで叶えられるようにしてあげたいとも思っています。でもそれは、私ひとりの力で可能なのか。……翼には私以外にも家族がいるのに、ずっと伝えずにいてもいいのか悩んでいました」

そう言うと汐里さんは俺の表情を窺う。

「海斗さんのご両親の思いを聞いても、やっぱり私は翼と離れることは考えられませんし、大人になるまでそばにいたいと思っています。この気持ちは変わりません」

「あぁ、もちろんだ」

翼君にとっても最愛の母親を亡くし、さらに母親に代わって育ててくれた汐里さんがいなくなったらどれほど悲しみ、傷つくか……。

「でもそれは私の身勝手な思いであって、大きくなったら家族と会わせてくれなかったと私を恨むかもしれません。翼にとって私以外の血のつながりのある家族です。もし、その……海斗さんのご両親の了承をもらえたら、翼に会ってくれますか？」

汐里さんは不安げに聞いてきたが、それは願ってもないこと。

「当然だ。むしろこちらからいつか両親に翼君を会わせてほしいとお願いしようと思っていたんだ。……ありがとう、両親も泣いて喜ぶよ」

その時の両親の姿が想像できて頬が緩む。するとなぜか汐里さんは頬を赤く染めて思いっきり両手を左右に振った。

「いいえ、そんな！　当然のことを言ったまでです……！　あ、私も同行しても大丈夫ですか？」

「いいに決まってるさ。翼君も汐里さんがいれば安心するだろう」

祖父母と言われたってきっとピンとこないだろう。なんせ翼君は父親である兄とは一度も会っていないのだから。

それから兄と香織さんの話をしながら、穏やかな時間を過ごし、最後に近いうちにお互いの都合がいい日に会う約束をして彼女たちが住むアパートまで送り届けた。

「翼君、兄さんにそっくりだったな」

ホテルに戻り、シャワーを済ませてミネラルウォーターを飲みながら思い出したのは翼君のことだった。

昔の写真の中の兄がそのまま出てきたようだった。きっと両親も同じことを思うはず。ゆっくりとソファに腰を下ろし、スマホを操作する。タップして画面に映ったのは翼君と汐里さんの写真。

両親に見せたいと言って写真を撮らせてもらった。翼君が満面の笑みでピースしているのに対し、汐里さんはぎこちなく笑っている。

「ふっ……可愛いな」

ふと漏れた自分の言葉に、ハッとなる。

「俺はなにを言ったんだ？」

可愛いだなんて……。

今日初めて会った女性に対して抱いた感情に驚きを隠せない。

それに汐里さんは愛らしいだけじゃない。優しくて芯の強い女性だった。普通は十八歳の若さで、たったひとりの家族である姉を幸せになるためとはいえ海外に送り出せるか？

兄が亡くなってからは香織さんを精神的に支え、翼君たちの住む福島まで足繁《あししげ》く通ってふたりの生活を助けていたという。

香織さんがいなくなってからは、せっかく大きな病院に勤めていたというのに辞めて移り住み、たったひとりで翼君を育ててくれた。

「翼君に汐里さんがいてくれて、本当によかった」

きっと兄と香織さんも安心してふたりを見守っているだろう。

兄の忘れ形見である翼君を見つけることができたからには、できる限りのことをしてやりたい。

その思いの一方で、汐里さんのことを考えると心臓が落ち着かなくなる自分もいた。

家族になろう

「わぁ～！　しーちゃん見て！　建物がいっぱい！」

「そうだね。あと少しで着くから、お靴を履こうか」

「はーい！」

元気よく返事をして靴を履く翼を見て、一ヵ月前のことを思い出す。

初めて海斗さんに会い、そしてご両親の思いを聞いて泣いてしまった。ずっと姉は恨まれているとばかり思っていたから。

それなのに姉と翼を心配し、力になりたいと思ってくれていたなんて……。姉が生きていて聞いたら、どれほど喜んだだろう。

聡さんのお墓参りにも行って、翼と会わせてあげたいと何度か言っていたもの。そんな姉の願いが叶うかもしれないし、翼にとっても実の祖父母と会っておくことは、将来に大きく影響するはず。

その思いで海斗さんに彼のご両親と翼を会わせてほしいと切り出してみた。すると快諾してくれて、忙しいだろうに日程の調整までしてくれた。

一ヵ月後の週末に会うことが決まり、今日までずっと不安が拭えずにいた。

彼のご両親は私たちに会えるのを楽しみにしていると言っていたが、果たして本当に歓迎してくれるのか、やっぱり歓迎されてもそれは翼を私から取り上げるためではないかなど、様々な考えが頭をよぎった。

それに今日までに何度か、聡さんのご両親がふたりの結婚に反対しなければ姉たちは駆け落ちすることはなかった。……今でも日本で翼を授かり、幸せに暮らす未来があったかもという思いが、頭をよぎってしまったりもした。

聡さんのご両親が反対しなければ……。この言葉をこれまで何度心の中で唱えただろうか。許す、許さないといった問題ではないとわかっているし、聡さんのご両親だって後悔していると言っていたのだから苦しんだはず。そう理解しているのに、素直に歓迎されて喜んだら姉に申し訳ない気がしてしまう。

でも聡さんのご両親は翼を連れて来るのは大変だろうと気遣い、最初は向こうがこちらに来ると言ってくれた。その点からも悪い人たちではないと思う。

だから正直、当日になってもどんな気持ちで会ったらいいのか思い悩んでもいる。

しかし、できるなら聡さんのお墓参りもしたかったし、翼の新幹線に乗ってみたいという願いも叶えてあげることができる。

なにより翼に父親が生まれ育った家を見てほしかった。きっと実家になら聡さんの生きた証がたくさん残っているはず。父親のことを知ってほしい。

だから会うと決断したことは間違いではなく、姉も許してくれると信じたい。

「ねぇ、しーちゃん。僕のじいじとばあば、あの大きな建物に住んでいるの？」

靴を履き終えた翼は、たくさん立ち並ぶビルを指差した。

「ううん、あそこには住んでいないよ。でも私たちのおうちよりも大きいかな」

「そうなんだ。楽しみだなー」

翼の反応が心配だったけれど、それは杞憂《きゆう》に終わった。保育園の友達のように自分にも祖父母がいることを大喜びし、会いたいと言った。

新幹線に乗って会いに行くと伝えればジャンプし、喜びを爆発させたほど。

昨日は楽しみすぎてなかなか寝てくれなかったし、そのくせ今朝は私よりも早く起きた。緊張する様子もなく、ただ祖父母に会えるのが楽しみなようだ。

「海斗君もいるんだよね？」

「うん、いると思うよ」

土日とも一緒に過ごすと言っていたし。

「そっか、じゃあしーちゃん気をつけなくちゃね」

「え？」

なにに気をつけようと言っているのかわからなくて小首を傾げたら、翼は人差し指を立てた。

「だってしーちゃん、海斗君の前で顔を真っ赤にさせちゃってたでしょ？　あんなに顔を赤くしちゃったら海斗君びっくりしちゃうよ」

「え？　……あっ、うん。そうだね。気をつけないと」

翼の言っていることが理解できて、動揺がはしる。

初めて会った日、私からご両親と翼を会わせてほしいとお願いした時、彼は『ありがとう、両親も泣いて喜ぶよ』と言って柔らかい笑みを零した。

ちょっぴり怖い印象を持っていた彼の意外な表情を見たからか、私の心臓は暴れ出し、身体中の熱が上昇した。それはきっと、会う前は翼を取られるかもしれないという不安と緊張があったからかもしれない。

海斗さんの綻んだ顔を見て安心できたというか……。それともただ単に恋愛経験が浅い私だからこそ、耐性がなくて胸をときめかせてしまったのか……。理由はわからないけれど、胸の高鳴りは自宅に送ってもらうまで続いた。

いや、そもそも不意打ちの笑顔とかズルイし、タクシーに乗る時に当たり前のようにドアを押さえて先に乗せてくれたり、降りる時は手を差し伸べてくれたりと紳士な振る舞いにときめかない人などいるだろうか。

そんなこんなで一々ときめてしまった私は翼の言う通り顔を真っ赤にさせていたようで、家に帰ってから散々翼に「どうして？」と問い詰められてしまった。

どうにか緊張しちゃってと言って誤魔化したけれど、今日はドキドキしないように気をつけないと。目的は翼に祖父母と会わせ、聡さんが眠る墓前へお参りに行くことなのだから。

そう自分に言い聞かせて翼としっかりと手を繋ぎ、東京駅のホームに降りた。

「し、しーちゃん。すごい人だね」

「そうだね。翼、私の手を離さないようにね」

「うん！」

土曜日ということもあって、駅の構内は多くの人で溢れていた。外国人観光客も多く、見慣れない光景にすっかり翼は怯《おび》えている。

一泊する予定だからキャリーケースで来たけれど、失敗だったかも。これでは翼を抱っこしてあげられない。しっかりと翼の手を握ってできるだけ人通りの少ないところを進んでいく。やっと改札口を抜けたところで一度足を止め、周囲を見回した。

海斗さんが駅まで迎えに来てくれることになっていて、改札口を出たところで待っていると言っていたけれど……。

彼の姿を捜していると、翼は「海斗君だー！」と言ってある方向を指差した。そこには柱に寄りかかり、なにやら真剣な表情で電話をする彼の姿があった。

「しーちゃん、海斗君がいたよ！」

早く行こうとばかりに私の手を両手で引っ張る翼を落ち着かせる。

「待って、翼。海斗さん、今お話し中だから電話が終わるまで待っていよう」

きっと仕事の電話だよね。今行ったら迷惑になる。

「……わかった」

納得してくれたようだが、翼の足は少しずつ海斗さんのほうへと向かっている。

知っている人を見て安心したのかな。邪魔にならないように少しずつ翼と近づいていく。すると私たちに気づいた彼は「悪い、また後でかける」と言って通話を切り、慌ててこちらに駆け寄ってきた。

「待たせてすまない」

休日だから当然だけど、今日の彼はこの前のきっちりとしたスーツ姿ではなくカジュアルな服装。髪も下ろしていて無地の黒のシャツにチノパンというラフな服装なのに、それが彼のカッコよさを引き出している気さえする。

オンとオフではまた違ったオーラを纏《まと》う彼を、道行く女性たちは振り返り見るほど。

つい彼に見惚れる中、翼の声で我に返る。

「海斗君、お電話終わったの？」

すると海斗さんは膝を折って翼と目線を合わせた。

「あぁ、終わったよ。久しぶりだな、翼君。元気だったか？」

「うん！」

元気よく返事をした翼の頭を、海斗さんは優しく撫でた。そして今度は立ち上がって私を見つめる。

「今日は遠いところ来てくれてありがとう」

「いいえ、こちらこそ新幹線のチケットまで手配していただき、ありがとうございました」

それもグリーン車だったから快適に来ることができた。

「いや、当然のことをしたまでだ。せっかく東京に来てくれたのだから観光を……と言いたいところだが、両親が早くキミたちを連れてこいとうるさくてね。まずは家に連れて行ってもいいか？」

「はい、もちろんです」

第一の目的は彼のご両親と翼を会わせることなのだから。

「ありがとう。兄さんの墓参りは明日ゆっくりしよう」

そう言うと海斗さんは再び膝を折って翼に声をかけた。

「翼君、今からじいじとばあばに会いに行くけどいい？」

「うん！　僕ね、会えるのを楽しみにしていたんだよ」

「そうか。それを聞いたらふたりも泣いて喜ぶよ」

それから海斗さんとともに、彼の家の専属ドライバーが運転する高級車に乗った。

ドライバーの五十五歳になる岡見《おかみ》さんは、父親の代から桜葉家に仕えているそう。

だから海斗さんのことはもちろん、聡さんのこともよく知っていると言っていた。

「しーちゃん、すごい車だね」

思ったことを素直に言うのが翼の可愛いところだけれど、今はちょっぴり恥ずかしくもある。

現にバックミラー越しに見えた岡見さんは、クスクスと笑っている。

「本当に聡さんの幼い頃にそっくりですね。最初見た時は驚きましたよ」

「俺もだよ。写真の中の兄さんがそのまま出てきたと思った」

私は聡さんの幼い頃の写真を見たことがないからわからないけれど、ふたりがそう言うのなら確かなのだろう。

「どういう意味？」

首を傾げながら聞いた翼に対し、海斗さんは「翼君はパパの子どもの頃にそっくりなんだ」と説明してくれた。

「本当？　じゃあママの言っていたことは本当だったんだね。ママもねー、僕はパパにそっくりだねって言っていたんだ」

無邪気に言った翼の言葉に、岡見さんの顔がこわばった。それは海斗さんも同じだったのか、切なげに「そうか」と呟いた。

「ママも言っていたなら間違いないな」

「うん！」

翼は聡さんと姉の死を子どもながらに理解してくれていると思う。でもきっとこの先、どうして自分には両親がいないのかと悲しむことが必ずあるはず。その時はこの子を支えてあげたい。

支えてくれる存在は多ければ多いほどいい。海斗さんからご両親は翼に会いたがっていると聞いているけれど……。

どうか翼を一緒に支えてくれる人であることを願うばかりだ。

車が向かった先は閑静な住宅街。窓から見える住宅はどれも大きくて立派なものばかり。車は住宅街の奥へと進んでいき、ある三階建ての洋風の屋敷の前で停車した。

すぐに岡見さんは車から降りて、助手席のドアを開けた。

「ありがとう。岡見さん、ふたりの荷物を頼む」

「はい、かしこまりました」

岡見さんは後部座席のドアも開けてくれた。

「おいで、翼君」

すぐに海斗さんが翼に手を差し伸べてくれた。

「うん」

しっかりと海斗さんの手を掴んだ翼は車から降り、彼の真似《まね》をしたいのだろうか。

今度は翼が私に手を差し伸べた。

「はい、しーちゃんどうぞ」

小さな紳士に笑みが零れる。

「ありがとう」

愛らしい手を握って車から降り、彼の住む家を見上げた。大きな門扉は岡見さんがインターホンを押すと自動でゆっくりと開いた。

その先には広い芝生の庭が広がっていて、花壇には季節の花が咲き乱れている。

翼と手を繋ぎ、海斗さんの後を追っていく。

「あ、ブランコだ！」

庭の片隅には真新しいブランコがあり、それを見つけた翼は私の手を離して一目散に駆け寄っていく。

「翼、待って！」

すぐさま翼を追いかけようとしたが、海斗さんに止められた。

「遊ばせてやろう」

「でも……」

彼のご両親が待っているのにいいの？

不安を拭えずにいると、海斗さんは追いかけてなかなかブランコに乗れずにいる翼を抱き上げた。

「はい、どうぞ」

「ありがとう、海斗君！」

「押してあげようか？」

「うん、お願い」

翼に愛らしくお願いされた海斗さんの頬は緩んでいく。

「じゃあ行くぞ」

「わーい！」

私とは違い、力のある海斗さんが一度押しただけでブランコは大きく揺れた。それが楽しかったようで翼は大はしゃぎ。

「きゃはは！　海斗君すごーい！　しーちゃんはねー、こんなに高くやってくれないんだよ」

「そうか」

傍から見たらまるで親子のようなふたりは微笑ましいが、私はふたりを見て和んでなどいられない。ご両親に早く会いに行かなくていいのか、待たせたせいで翼の印象が悪くならないかと不安に襲われる。

「あの、海斗さん。そろそろ行ったほうが……」

痺れを切らして彼を呼んだ時、「海斗、なにをしているの」と怒りを含んだ声が背後から聞こえてきた。

振り返ると、そこにいたのは五十代後半くらいの男女ふたり。

絶対に彼のご両親だよね。やはり不安は的中したようで、いつまでも来ない私たちにご立腹の様子。第一印象をよく見せようと思っていたのに、翼は大丈夫だろうか。

とにかくまずは謝ろうとしたものの、次におふたりは思いもよらぬ言葉を口にした。

「翼君と一緒に遊ぶなんてずるいじゃない」

「そうだぞ、海斗。翼君に喜んでほしくてブランコを設置したのは私なのに、なぜお前が先に翼君と遊んでいるんだ」

そんなご両親に対して海斗さんは呆れたように「子どもじゃないんだから、そんなこと言うなよ、恥ずかしい」と言ってチラッと私を見た。

「ほら、汐里さんだって呆れているぞ」

いきなり話を振られ、私はすぐに両手を左右に振った。

「いいえ！　そんな、呆れてなんていません！」

海斗さんってばなんてことを言うの？　おふたりの気分を損ねたらどうするつもり？

ドキドキしながらご両親の様子を窺っていると、ふたりは顔を見合わせて笑った。

「もちろんわかっているわ。きっと海斗が汐里さんの緊張を解くために冗談を言ったと思うの。でもあんな言い方はないわよね。ごめんなさい」

「まったく、男ならもっと気を利かせるべきなのに。すまないね、汐里さん」

「そんな……」

ふたりに謝罪され、少しでも海斗さんに焦った自分が恥ずかしい。そうだよね、彼は彼なりに私を気遣って言ったのだと、少し考えればわかるものを……。

居たたまれなくなる中、おふたりはブランコで楽しく遊ぶ翼を愛おしそうに見つめた。

「翼君は海斗と楽しく遊んでいるし、先に家に入っていましょうか」

「そうだな。……翼君がいない時にしかできない話もある。汐里さん、よろしいですか？」

「はい、もちろんです」

おふたりの後に続いてお邪魔すると、玄関だけで六畳近くあって広々としている。廊下はすべて大理石で照明に反射してキラキラしていた。

「どうぞ」

「お邪魔します」

案内されたのは三十畳以上はありそうなリビングダイニング。シンプルな家具で統一されているが、ひとつひとつ職人がこだわって作ったのがわかるほど、高級感があった。

大きな窓の先にはウッドデッキがあり、庭の様子も見ることができる。

「せっかくだから、ふたりの様子を見ながらお話ししましょう」

近くにいた家政婦らしき女性にお茶の準備を頼み、ソファとテーブルが置いてあるウッドデッキへと向かう。

すぐに紅茶とお菓子が運ばれてきて、それぞれのテーブルの上に並べた家政婦は去っていく。

「そういえばご挨拶がまだでしたね。ごめんなさい、私ったら。……海斗の母の君江《きみえ》です」

「父の泰三《たいぞう》です。……こちらを」

渡された名刺には【サクラバ食品会社　代表取締役社長】と書かれていた。

「私たちのことは気軽に君江さん、泰三さんって名前で呼んでちょうだい。……今日は本当に来てくれてありがとう」

「遠いところをすまなかったね。翼君と一緒に来てくれてありがとう」

ふたりに言われ、恐縮してしまう。

もしかしたら歓迎されないかもしれないと思っていたし、姉のこともあり、どんな気持ちで会ったらいいのかと悩んでもいたけれど、実際に会ってみたらふたりとも物腰が柔らかくて、顔から優しさが滲《にじ》み出《で》ている。

やはり海斗さんの話は本当で、ふたりともずっと後悔していたのかもしれない。

「とんでもございません。私たちのほうこそ新幹線のチケットなど色々と手配をしていただいてありがとうございました。……翼もおふたりに会うのを楽しみにしていたので、会ってくださりありがとうございます」

私の話を聞き、ふたりは驚いた様子で互いを見つめる。

「翼君が私たちに会うのを楽しみにしてくれていたの？」

信じられずにいるふたりに向かって私は大きく頷《うなず》いた。

「はい、とても楽しみにしていました。……それなのに今はその、ブランコに夢中になっちゃっていてすみません」

新幹線の中では会ったらどうやって挨拶をしようかな、なにを話そうかなって言っていたというのに。大好きなブランコにすっかりと心を奪われてしまったようだ。

「いいのよ、あなたも翼君に喜んでもらえて嬉しいでしょ？」

「あぁ。だがな、海斗があんなに翼君と仲良くなっているのが許せん」

嫉妬しているのか、泰三さんは恨めしそうに翼と一緒に遊ぶ海斗さんを睨《にら》んだ。

「もう少ししたらあなたも遊べばいいじゃない。……まずは汐里さんに私たちの思いを伝えないと」

「そうだな」

そう言うとふたりは、真剣な面持ちで私を見つめた。

「海斗から話を聞いたと思いますが、私たちはずっと聡と香織さんの結婚に反対したことを後悔していました」

「お恥ずかしながら、自分たちの過ちに気づいたのはふたりが駆け落ちした後でした。聡は昔から物分かりのいい子で、きっと会社のためにわかってくれると勝手に思っていたんです。……父親として、あの子がどれほど本気で香織さんを想っていたのかを理解してあげられなかった」

ふたりの悲痛な思いに胸が苦しくなる。

「謝ってふたりを祝福したいという思いで、私たちは必死にふたりの行方を捜しました。だけど世界は広く、なんの手がかりも掴めなかった。それでもふたりがどこかで幸せに暮らせているならいいと思っていたんです」

「まさかあんなかたちで聡と再会するとは……。後悔してもしきれませんでした。しかし、聡が生前暮らしていたという家に向かったところ、あの子の幸せの痕跡がたくさんあって安心しました。異国の地で、愛する人と幸せに暮らせていた。その事実がどれほど私たちを救ってくれたか……」

そこで泰三さんは言葉を詰まらせ、ハンカチで零れた涙を拭った。

「香織さんが妊娠していたという話も現地の方に聞いたの。外務省の方から香織さんが日本に帰国したと聞いて捜したけど見つからなくて。香織さんには会って伝えたいことがたくさんあったの」

そう言うと君江さんは涙をこらえるように、小さく深呼吸をして続けた。

「まず、聡との結婚を認めてあげなかったことへの謝罪と、異国の地で聡を支えてくれたこと。聡が亡くなってさぞかし悲しかっただろうに、気丈に日本大使館を通して私たちに連絡をしてくれて、聡に会わせてくれたこと。そしてたったひとりであの子との子を育ててくれたことをっ」

感極まったようで君江さんの瞳からは大粒の涙が溢れ出す。泰三さんはそんな君江さんの肩を寄せる。

「香織さんのためにどんなことでも力になりたいと思っていたんだ。それがきっと愛する人と生まれてくる子どもを残して亡くなった聡の願いでもあっただろう。それなのに、まさか香織さんまで事故で亡くなっていたとは……」

ふたりの涙に、私も目頭が熱くなっていく。

今日を迎えるまで、姉のためにも一言物申すべきなのか、思い悩んできた。でもふたりはこんなにも後悔し、姉のことを案じていてくれた。きっと姉だって許してもいい、これからはいい関係を築いていってほしいと言うだろう。

それに姉も生前ずっと聡さんのご両親に翼を会わせるべきか悩んでいた。でも聡さんを奪ったと文句を言われ、翼に冷たく当たったり、翼の存在自体を拒否されたりする可能性もあった。そうなったら誰よりも傷つくのは翼だ。

だから姉は悩んでも答えを出すことができずにいた。

でも泰三さんと君江さんの思いを聞き、私も姉に悩みを打ち明けられた時に背中を押してあげればよかったと後悔してしまう。

そうすれば姉は苦労して働くこともなくなり、翼と聡さんが生まれ育ったこの家で幸せに暮らせていたかもしれない。

「まだお若いのに、香織さんに代わって翼君をここまで育ててくれて本当にありがとう。慣れないことで大変だったでしょ？」

「ご両親とも音信不通だと聞いた。……さぞ苦労しただろう」

「いいえ、そんな……」

そんなことない。私は翼と一緒に暮らせて今日まで幸せだった。それなのに感極まって言葉が続かない。

「私たちね、もう後悔はしたくないの。だから汐里さん、どうかこれからはひとりですべて抱えようとしないで私たちを頼って。いくらでも甘えてほしいの」

「さっきも言ったが、それが私たちの聡にできる唯一の償いだと思っている。だから遠慮なくなんでも言ってほしい」

本当はこんな風に誰かに手を差し伸べてほしかったのかもしれない。ひとりの命を守る覚悟は持っていたけれど、姉のように翼を私が育てられるのか不安だったし、成長して思春期を迎えれば、翼と衝突することもあるはず。

そんな時に悩みを打ち明けられる存在がいたら心強かったし、翼にとっても私以外の家族がいたほうが絶対にいいに決まっている。

「それと汐里さんさえよければ、香織さんと聡を同じ墓に入れてやりたいんだ。どうだろうか？」

嘘、本当に？　仕方がなかったとはいえ、姉を聡さんと一緒に眠らせてあげられないことが心苦しかった。どうかあの世で巡り合っていますようにと何度願ったか。

「いいんですか？　聡さんのお墓に姉が入っても」

恐る恐る聞くと、ふたりは強く頷いた。

「もちろんだ。きっと聡も喜ぶだろう」

「ありがとう、ございます」

声を震わせながらもどうにか感謝の気持ちを伝えると、ふたりは口元を緩めた。

「ふふ、三人して目を赤くさせちゃって可笑《おか》しいわね」

「本当だな。翼君が見たら驚くだろう。早く元に戻さないとな」

「そうですね」

いつの間にかふたりにつられて私も笑ってしまった。

少しするとブランコに飽きた翼が駆け寄ってきた。

「しーちゃん！　喉渇いたー！」

翼は無邪気に駆け寄ってきたけれど、泰三さんと君江さんの存在に気づき、すぐに私の後ろに隠れた。

不安そうに見つめるふたりに対し、翼はチラッと顔を見せた。

「えっと……じいじとばあば？」

緊張した面持ちで聞いた翼に、ふたりの目からは止まった涙が溢れ出す。

「あぁ、そうだよ。翼君のじいじだ」

「ばあばよ。会えてすごく嬉しいわ。今日は来てくれて本当にありがとう」

ふたりがそう言うと、翼は「僕に会えて嬉しいの？」と聞く。

「もちろんよ。ずっとあなたに会いたかったんだから」

するとふたりは立ち上がり、翼の近くに歩み寄って膝を折る。

「これからも時々遊びに来てくれる？」

「翼君のために今度は滑り台も用意しておこう」

「本当？　僕ね、滑り台だーい好きなの！」

両手を使って喜びを表現する翼を見て、ふたりは笑いながらも涙を零す。

「そうかそうか。……翼君のパパも滑り台が大好きだったんだ」

「パパも？　そうなんだー。じゃあ僕はパパに似たんだね」

「そうね。笑った顔もそっくりだわ」

聡さんの話に翼は興味津々で、さっきまで私の後ろに隠れていたのに、いつの間にか自分からふたりに近づいていた。

「パパはカッコよかった？」

「あぁ、カッコよかったよ。そうだ、翼君。よかったらパパの小さい頃の写真を見る？」

「赤ちゃんの頃からあるぞ」

「えぇっ！　見たい！」

すっかり緊張が解けたようで、翼は自分からふたりの手を掴んだ。

「じいじ、ばあば！　早く行こう」

必死に手を引く翼に笑みを零し、ふたりは家の中に入っていった。

「よかった、すんなりと打ち解けることができて」

「はい、安心しました」

少し離れたところから様子を見守っていた海斗さんは、泰三さんたちが座っていたソファにゆっくりと腰を下ろした。

「それにしてもふたりして泣いていたな。俺が話した時も大泣きしたのに。まったく、どれだけ泣くんだか」

呆れたように言うけれど、海斗さんの口は緩んでいる。

家だからだろうか、それともオフだから？　さっきも翼と遊んでいた海斗さんは笑っていて、初めて会った日とのギャップに胸がときめく。

「せっかくだから邪魔しないでおこう。汐里さんも座って。よかったらどうぞ」

彼に促されて座ると、テーブルの中央にあるお菓子を差し出された。

木製の籠の中にはクッキーやチョコレート、せんべいに大福など老舗店の様々なお菓子が入っている。

「母さんが翼君と汐里さんはどんなものが好きかわからないからって、手あたり次第買ってきたんだ。三人ではとてもじゃないが食べきれないから遠慮せずに食べてくれ」

「ありがとうございます」

言われるがままクッキーを手に取って食べるものの、会話が続かなくて気まずい空気が流れる。

そういえばこうして海斗さんとふたりっきりになるのは初めて。ずっと翼がいたから会話に困らなかったんだ。

気まずさの理由に納得していると、海斗さんが「あの……」と声を上げた。

「はい、なんでしょうか」

私がそう言ったと同時に翼が「しーちゃん見て！」と言いながらアルバムを抱えて戻ってきた。

「あ……」

どうしようかと彼を見ると、「また今度」と小さく囁《ささや》くものだから、ふたりだけの特別なやり取りみたいで変にドキドキしてしまう。

「しーちゃん、これがパパだよ！　僕と同じくらいの時だって」

胸の高鳴りを鎮めながら翼に見せてもらったアルバムには、幼い頃の聡さんが写っていた。冗談抜きに翼とそっくりで目を疑う。

「翼にそっくりだね」

「ねー。僕もねびっくりしちゃった」

嬉しそうにページを捲《めく》って聡さんの写真を見せる翼は、初めて見る父親の記録に目を輝かせていた。

「翼君、一緒に写っているのは俺だよ」

「え？　これ海斗君なの？」

「あぁ。俺は翼君のパパの弟だからね」

翼が指差した写真は、聡さんと手を繋ぐ三歳くらいの海斗さんだった。

「海斗君ちっさい！」

「ハハッ。それはそうさ。俺にも小さい頃があったからな」

「あ、こっちの海斗君は大きいよ」

「これは……俺の小学校入学式の時の写真だ」

写真の中の海斗さんは、一年生ながら目がキリッとしていて、今の面影が残っている。これは間違いなく幼い頃からモテていただろう。

「海斗君カッコいいね」

「そうか？　翼君のほうがカッコいいと思うぞ」

海斗さんに頭を撫でられた翼は嬉しそうにはにかむ。

それから他のアルバムを手に戻ってきた泰三さん、君江さんも加わって聡さんの話で盛り上がった。

途中から姉の話になり、私が知り得る聡さんと姉の話をしたら、三人は何度も目を赤く染めていた。昼食後には聡さんが生前使っていた部屋に案内してくれて、いつでも遊びに来てこの部屋を使っていいと言われた翼は大喜び。

しかし少しして翼はハッとなり、なぜか肩を落とした。

「じいじ、ばあば、ごめんね。僕……いっぱいは遊びに来られないの」

「あら、どうして？」

「ここに来るのは嫌なのか？」

心配するふたりとともに、私と海斗さんもなぜそう言ったのか気になって翼を見つめる。

「ううん、違うの。僕ね、日曜日はサッカーをやっているんだ。それにしーちゃんもお仕事があるし……。しーちゃん、いつも忙しそうで大変なの。それなのにいっぱい新幹線に乗ってきたらもっと疲れちゃうでしょ?」

「翼……」

どんなに仕事が忙しい日だったとしても、翼の前では疲れている姿を見せないようにしていたのに、どうやらバレていたようだ。

それにしてもなんて優しい子なのだろう。四歳なのにそこまで考えてくれたの?

嬉しくて目頭が熱くなる。だめだな、最近の私は涙脆《なみだもろ》い気がする。ちょっとしたことですぐ泣けてしまう。

「翼君は優しい子だな。そうだな、汐里さんを無理させるわけにはいかないな。それにサッカーをやっているのか」

「えへへー、ありがとう! じいじ。うん、僕ねサッカーが大好きなんだ」

「そうかそうか。……ん? じゃあこういうのはどうだ」

なにかを閃《ひらめ》いたようで泰三さんは海斗さんを見た。

「海斗、たしかうちが後援しているサッカーチームにジュニア育成コースがあったよな」

「あぁ。コーチや監督は現役を引退した選手にお願いしていると聞いている」

「おぉ！　いいじゃないか。どうだ？　翼君。せっかくなら元サッカー選手に教えてもらわないか？」

「サッカー選手って誰なの？」

少し興奮した様子で聞く翼のために海斗さんが調べてくれた。そしてコーチについている元選手の名前を聞くと、翼が急に「えぇっ!?」と大きな声を上げた。

「本当？　うわぁ～すごい！　僕、そこに行きたい！」

どうやら翼が初めて好きになったサッカー選手がコーチになっていたようで、ピョンピョン跳ねて行きたいとアピールしてきた。

「よし、じいじがさっそく話をつけてやろう。それと汐里さんのお仕事の件だが……」

そこまで言いかけると、泰三さんは再び海斗さんを見る。

「ちょうど福島県のテーマパークとのプロジェクトが始まったばかりだったな。海斗、しばらくはそちらに力を入れなさい」

「どういうことだ？」

泰三さんの言いたいことが理解できないようで、海斗さんは怪訝《けげん》そうに聞いた。

「今はリモートでも仕事はできるだろ？　だからプロジェクトが落ち着くまで福島で生活するのはどうだ？」

「は？　なに言って……」

「まぁ！　それはいいわね！　じゃあさっそく汐里さんと翼君が暮らす近くの賃貸を探さないと」

「母さんとこの一ヵ月、翼君をひとりで育てる汐里さんのことをずっと案じていたんだ。海斗が近くにいれば、翼君の保育園への送迎や買い物など手伝ってやれるし、週末に戻るついで翼君と汐里さんを連れてこられるだろう？」

「あなたってば妙案よ！」

「そうだろう、そうだろう」

勝手に盛り上がって話を進める泰三さんと君江さんにポカンとなるも、すぐに我に返った。

「待ってください、そんな海斗さんにご迷惑をおかけするわけにはいきません」

翼のサッカー教室だってそう。元サッカー選手がコーチを務めるチームなんて、月謝が高いはず。

今より高い月謝を払うのは難しい。翼には申し訳ないけれど、諦めてもらうしかない。

その思いで言ったはいいが、泰三さんは海斗さんに向かって「汐里さんはそう言っているが、海斗はどうだ？　福島でふたりの生活のサポートをすることは迷惑か？」と尋ねた。

「迷惑なわけないだろ？　汐里さんの力になりたいと思っていたし、翼君のためならなんだってする。むしろ俺がふたりの生活に介入したら汐里さんに迷惑じゃないか？」

「え？　そんな迷惑だなんてとんでもないです。いつも職場の人に協力してもらって早くに帰していただいているので、私が遅くなる時にお迎えに行ってくれると助かりますし、その……私も金銭的に問題がなければ、翼のやりたいことは全部やらせてあげたいと思っていますから」

あまりに海斗さんが悲しげに言うものだから、つい正直に胸の内を明かしてしまった。すると、私の話を聞いた泰三さんと君江さんは満面の笑みを見せた。

「それならなにも問題はないな。じゃあさっそく話を進めよう」

「私たちも汐里さんと翼君になにかしてあげたかったの。だからありがとう。これからはもっと頼ってね」

「でも……」

本当にいいの？　こんなに甘えてしまっても。

不安になっているとそれが翼に伝わったのか、私の手を握って心配そうに「しーちゃん？」と私の名前を呼ぶ。

「お仕事大変でしょ？　海斗君にお手伝いしてもらうのは嫌なの？　それにしーちゃんはパパのおうちに遊びに来るのも嫌？」

「ううん、まさか。違うの、翼。ごめんね、これは私自身の問題で……」

うまく言葉にできない感情をどう説明したらいいのか……。姉の死後、ひとりでも立派に翼を育ててみせると誓ったから？　だからこんなにも頼ることに対して罪悪感が湧くのかな。

自分で処理しきれない感情に悩まされていると、海斗さんは翼の頭を撫でた。

「汐里さん、俺たちは家族だ」

「えっ？」

すると海斗さんは翼に「おいで」と言い、飛び込んできた翼を軽々と抱き上げた。

「さっき伝えようとしたんだが、翼君は兄と香織さんの子どもで、俺たちにとっては甥っ子。翼君が俺たちを家族にしてくれた。家族なら助け合って当然だろ？」

「海斗さん……」

翼だけじゃない、私のことも家族だと思ってくれているの？

「そうよ、汐里さん。翼君もあなたも私たちにとって家族なの」

「頼りないかもしれないが、私たちのことを父親と母親、兄だと思ってくれていい。子育てもひとりよりふたり、ふたりより三人と人数が多いほうがいい」

海斗さんに続き、泰三さんと君江さんも優しい言葉をかけてくれて、また涙が込み上がってきた。

「翼君も俺たちのことを家族として認めてくれるか？」

海斗さんに聞かれた翼は「もちろんだよ！」とすぐに答えた。

「ん？　じいじとばあばは僕にとってじいじとばあばでしょ？　じゃあ海斗君は僕にとってなに？」

首を傾げる翼にクスリと笑いながらも、海斗さんは「叔父だよ」と答えてくれた。

「おじさん？　うん、海斗君はおじさんだよね？」

どうやら翼は海斗さんのことを〝お兄さん〟ではなく〝おじさん〟と認識しているようで、説明されても腑に落ちない様子に、私たちは笑ってしまった。

この日は桜葉家に泊めてもらい、夕食を食べてお風呂に入った翼は疲れたのかすぐに寝てしまった。

その後、改めて泰三さんたちから今後の提案をされた。

海斗さんは私と翼が遊びに行った遊園地とのプロジェクトが始まったばかりで、今後は頻繁に福島に行く予定だったという。

だから海斗さんが三ヵ月ほど私たちが暮らすアパートの近くに住むことになった。

仕事の早い君江さんがさっそくいい物件を見つけたのだ。

翼のサッカー教室に関してもちょうど生徒を募集していたところらしく、すぐに入会できることになった。まずは今のサッカーチームを辞めてから入会しようと思い、一旦話は保留にさせてもらった。

「それと汐里さん、私たちはいつでもふたりを迎え入れられる環境を整えていることを覚えていてほしい」

「もちろん今のままの生活がよければそれでいいの。でもなにか困ったことがあったらいつでも力になるし、翼君を預かることもできるから無理だけはしないで」

まるで本物の娘のように私のことも心配してくれているのが伝わってくる。

「ありがとうございます。その時は頼らせてください」

「えぇ、いつでも連絡をちょうだいね。なんなら汐里さんのお仕事が大変な時に私たちが福島に行ってもいいのよ?」

「そうだな。久しく福島にも行っていないし、一度ふたりが暮らす家も見たいし行ってみようか」

「そうね。じゃあさっそく計画を立てなくちゃ。まずはあなたの仕事のスケジュールの確認をしましょう」

また勝手に話を進める泰三さんと君江さんに、海斗さんは呆れ顔。

でも家族の仲の良さがヒシヒシと伝わってきて、聡さんが私にも優しく接してくれたのは、この家族で育ったからだと理解できる。

もし、私になにかあっても翼にはこんなにも優しい家族がいるとわかって安心できた。

静かにベッドに入り、スヤスヤと眠る翼の髪をそっと撫でた。

「お姉ちゃん……私にも翼以外の家族ができたよ」

両親は行方知れずにでもういないものだと思っていた。そんな中、姉が亡くなり、頼れる存在がいなかった私にとったらすごい奇跡が起きた。

でもこのご縁は聡さんと姉、そして翼が運んできてくれたものだ。

「ありがとう」

幸せな気持ちで満たされたまま眠りに就いた。

新しい生活はトラブルだらけ?

規則正しいアラーム音で目が覚めたのは朝五時半。隣でスヤスヤと眠る翼を起こさないように布団から出て、キッチンへと向かった。

平日の朝はいつもこの時間に起床し、翼と自分の分のお弁当と朝食作りを始める。

保育園ではいまだにキャラ弁当が流行《はや》っていて、不器用ながらもなにかのキャラクターをイメージして作ったり、おかずをお弁当箱へ美味しそうに詰めるようにしたりと努力している。

とはいえ、ネットに上がっているキャラ弁当ほど完成度は高くないけれど、翼からは毎回好評を得ていた。

「お弁当はこれでよし、と。あ、自分の分も詰めないと」

翼のお弁当とは打って変わって、私のはただおかずをお弁当箱に詰めるだけ。朝食の準備もある程度終わったところで洗濯機を回して自分の身支度を整える。

そうこうしている間に翼が起きてきた。

「しーちゃん、おはよう」

「おはよう、翼。一緒に顔を洗ってこようか」

目を擦っている翼を連れて洗面所へ向かい、顔を洗わせる。目が覚めたら一緒に朝食の準備をして仲良く手を合わせて食べ始めた。

「ねぇしーちゃん。今日も海斗君の車で行くの？」

「えっと……たぶんそうかな？」

君江さんは本当に手早く物件を見つけて手続きを済ませた。私たちが暮らすアパートの近くにすると言っていたから、車で五分ほどの距離にあるマンションかと思っていた。

しかし驚くことに五日前の土曜日に彼が引っ越してきた先は、空室になっていた隣の部屋だった。

「やったぁ！　海斗君の車って大きいから好きー」

「じゃあ海斗さんに今日もちゃんとお礼を言おうね」

「うん！　僕、ちゃんと言えるよ」

得意げに言う翼にクスッと笑ってしまう。

海斗さんは引っ越してきた次の日からさっそく翼と私をそれぞれ送迎してくれた。

最初は私が行けない時だけ引き受けてくれれば十分だと断ったものの、頑《かたく》なに譲ろうとせず結局は私が根負けした。

「翼、歯磨き終わったら着替えてね」

「はーい！」

着替えは翼自身に任せて、私は保育園に持っていく荷物の確認。それが終わったら自分の用意をして……と朝はバタバタ。

「よし、翼忘れ物はない？」

「ないよ」

最後に戸締まりの確認をしていると、ふと姉の遺影が目に入る。

姉の遺骨は先日、無事に聡さんが眠るお墓へと移された。ふたりで安らかに眠ってほしい。そして私たちをいつまでも仲良く見守ってくれたらいいな。

そんなことを考えながらバッグを翼に持たせたところで、インターホンが鳴った。

「海斗君だー！」

この時間にインターホンを鳴らすのは海斗さんだと理解した翼は、一目散に玄関に駆けていく。器用に解錠してそのまま勢いよくドアを開けた。

「おはよー！　海斗君！」

「……おはよう、翼君」

勢いよく出てきた翼に驚きながらも、海斗さんは翼を抱き上げた。

「朝から元気なのはいいことだが、ドアを開ける時は相手を確認しないとだめだぞ？　どうするんだ、もし悪いことをする人だったら」

「そ、そうだね……！　僕、気をつける」

面白いほどハッとしたかと思えば、素直に非を認める翼に成長を感じる。

これまで悪いことを教えてもイマイチ納得できなかったり、理解できなかったりしていたから。

「よし、偉いぞ翼君」

「えへへー」

海斗さんに褒められ、翼は誇らしげ。

私も荷物を持ってふたりに歩み寄り、彼と挨拶を交わした。

「ありがとうございます、海斗さん。翼にだめなことをちゃんと教えてくれて」

「いや、お礼を言われることじゃない。翼君がちゃんと理解してくれて感心するよ」

「僕ってすごい？」

「あぁ、すごい」

ふたりのやり取りに笑みが零れる。そのまま海斗さんは車まで翼を抱っこしてくれて、チャイルドシートに乗せてくれた。

「よし、じゃあ行こうか」

「はい、お願いします」

私も翼の隣の後部座席に乗り、彼は車を発進させた。

泰三さんは翼が乗るからという理由でミニバンを購入したそう。それには驚いたけれど、東京に行った際にもみんなで外出するためにも買ったと聞き、ありがたい気持ちでいっぱいになった。

後部席の天井にも液晶モニターがあり、通園の際は海斗さんが翼の好きなアニメのDVDを流してくれている。それもあって翼は彼の車に乗るのが楽しみのようだ。

運転すると神経を使ってすごく疲れるため、彼にこうして送迎してもらって助かっていた。しかし問題点もある。

まずは翼の保育園に行ってくれるのだが、車から降りて一緒に先生への引き渡しまで同行してくれる。

もちろん緊急時に迎えに行ってもらう際、先生と面識があるに越したことはない。しかしそれが毎日続くとなると、先生方は私と海斗さんはただならぬ関係ではないかと疑い始めているようで、いつも生温かい目を向けられるから居たたまれなくなっていた。職場でもそう。海斗さんが車から降りるところを事務員に目撃され、恋人じゃないのかと何度も聞かれている。

翼の叔父で、仕事の都合でこちらに滞在中なにかとお世話になっているだけだと説明しても納得してくれず、みんなの妄想が勝手に膨らんでいた。


「汐里ちゃん、えらい男前の彼氏ができたっていうのは本当か⁉」

リハビリ室に呼んだ源次さんが開口一番に言った言葉に、目を瞬かせてしまう。

「なんでも毎日送り迎えしてくれているっていうじゃないか！　その男は仕事をしていないのか？　汐里ちゃん騙《だま》されていないよな？」

心配そうに聞く源次さんに我に返り、慌てて否定した。

「その人は彼氏ではありませんよ。翼の叔父です」

「翼君の？　いや、それでもいい雰囲気だったって聞いているぞ。うっ……！　俺の汐里ちゃんがっ」

胸元を押さえて泣く真似をする源次さんに、近くにいた大津さんが「源次さん、後が詰まっているんですから早く治療を開始させてください」と言って強制連行した。

「えぇい！　離せ。俺の担当は汐里ちゃんじゃ」

「今日だけは俺が担当します。汐里ちゃん、次の新患お願いしてもいい？　六十代女性でパーキンソン病によるリハビリ目的らしい」

「わかりました」

源次さんに聞こえないように、新患のことをコソッと言った大津さんからカルテを受け取り、目を通していく。

如月里子《きさらぎさとこ》さん、五十五歳。二年前にパーキンソン病を発症。パーキンソン病の症状は様々でその人に合ったリハビリをする必要がある。

症状は進行性だが、リハビリにより進行を遅らすことができる。今から継続していけば日常生活が送りやすくなるはず。

さっそく待合室にいる如月さんのお名前を呼ぶと、椅子に座っていた女性が手を挙げた。しかし立ち上がるのに時間がかかり、さらになかなか最初の一歩が出ない。これがパーキンソン病の症状のひとつだ。

「失礼します」

如月さんのもとへ駆け寄り、手を引いて歩行の介助に入る。

「ありがとうございます」

弱く掠《かす》れた単調な声。パーキンソン病の人の多くが言語障害にかかるといわれている。如月さんも例外ではないようだ。

如月さんの状態を考慮して今後のリハビリ計画を頭の中で練りながら案内をした。

如月さんは若くして離婚を経験され、お子さんは東京で就職。現在独居とのこと。ひとり暮らしなら、なおさら安全に日常生活を送れるようにリハビリを進めていきたい。

今の彼女の状態を確認し、如月さんの話を聞きながら計画を立てていった。

午前中の勤務を終え、昼休みはいつも大津さんと休憩室で昼食をともにしながら情報共有の時間に当てている。

「新患、どうだった？」

「今からリハビリを開始すれば、独居での生活を維持できると思います」

「そうか。パーキンソン病の患者は久しぶりだから勉強し直さないといけないなぁ」

「え？　大津さんほどのベテランが？」

意外で思わず聞き返すと、大津さんは苦笑いした。

「当然さ。俺が勉強した頃より今の医学のほうが進歩しているし、理学療法も日々変化しているだろ？　なにより大きな病院ではないここじゃ症例が少ない」

「……それはそうかもしれないですね」

東京の病院に勤めていた頃は、日々多くの症例の患者がいて勉強の毎日だったから学べることが多かったと思う。でも……。

「しかし小さなクリニックだからこそできることもあると思います。ひとりひとりの患者さんに多くの時間を割いて向き合うことができますし、症例が少ないからこそ大津さんのように独自で勉強して得る知識もありますし！　私も見習わないとですね」

そういえば私、東京でパーキンソン病の患者を受け持ったことはあるけれど、それは先輩と一緒だったから、ひとりで受け持つのは今回が初めてだ。

そう思うと私も勉強し直すべきかも。と考えながらお弁当を食べ進めていると、大津さんは急に「眩《まぶ》しすぎる」なんて言い出した。

「なんですか？　急に」

「汐里ちゃんが眩しすぎるって言ってるの。本当に汐里ちゃんは素直だよなぁ。だから源次さんも自分の孫と汐里ちゃんを結婚させようと考えていたんだろ」

「え？　源次さんが？」

初めて聞く話に驚きを隠せない。すると大津さんが、機会を見て源次さんがお孫さんと私を会わせようとしていたと教えてくれた。

「だけど汐里ちゃんの彼氏、ものすごい男前なんだろ？　しかも東京の男ときたら源次さんも焦るわけだ」

ニヤニヤしながら言う大津さんにムッとなってしまう。

「もう、大津さんまで……。ですから彼は翼の叔父だと説明したじゃないですか」

「そうだけどさ、正直、ひとりで翼君を育てる汐里ちゃんを俺もみんなも心配していたから安心したんだ」

大津さんは眉尻を下げて続ける。

「汐里ちゃんのお姉さんのことも心配だったのに、妹のキミがひとりで育てると聞いてどれほどみんな心を痛めたか。って言ったら、ふたりに余計な心配ですって怒られちゃいそうだけど、やっぱりみんな子育て経験者で大変さを知っているから気にしていたんだよ」

いつも翼を優先させてくれて、職場のみんなには迷惑をかけている。申し訳ない気持ちでいっぱいだったけれど、初めてみんなの気持ちを知って泣きそうになってしまった。

「俺たちとしては、翼君を大切にしてくれるいい人と出会えたらと思っていたんだ。叔父なら汐里ちゃんと同じ立場だろ？　翼君にとってもいいんじゃないかと世話焼きおじさんは思ったわけだ」

冗談交じりに言う大津さんに頬が緩む。

「ありがとうございます。でも本当に彼とはそういう関係ではないんです」

改めて否定したものの、大津さんは「これからはどうなるかわからないだろ？」と言ってからかう。

「とにかく俺が言いたいのは、汐里ちゃんと翼君に幸せになってほしいってことだ。今後も引き続きなにかあったら遠慮なくみんなを頼ってくれな」

「はい、ありがとうございます」

こうして気にかけてくれる人がたくさんいる私は、本当に幸せ者だと思う。

「それと男前の彼との進展も逐一報告してくれよ。みんな興味津々なんだから」

だから海斗さんとはそういう関係ではないというのに。でも否定したらまたからかわれそうだ。

そう判断して「報告することはないと思います」と言って残りのお弁当を食べ進めながら、今度改めてみんなにも感謝の気持ちを伝えようと思った。

今日の夕方は患者が少なく、定時で上がることができた。病院を出ると、駐車場には見慣れた車が停《と》まっていてみんなのテンションが一気に高まったのがわかる。

「あ、汐里ちゃんの彼氏さん、もうお迎えに来ているじゃない」

「愛されているわねぇ」

「どれ、私が病院を代表して挨拶でもしようかしら」

ギョッとすること言い出したものだから、慌てて止めに入った。

「挨拶は大丈夫です！　すみません、お先に失礼します」

逃げるが勝ちとばかりに小走りで車へと向かう中、背後からは「今度ちゃんと紹介してね」「いい報告が聞けるのを楽しみにしているよ」なんて茶化す言葉が聞こえてくるから居たたまれない。

車に近づき、助手席から運転席に座る彼の様子を窺う。するとタブレット片手に誰かと通話中だった。彼は大企業の御曹司。福島にだって仕事のために来ている。それなのに朝も帰りもこうして私と翼の送迎をしてくれる。他にも帰宅後、なにか手伝えることはないかと声をかけてくれるし、重い物があったら大変だろうからと買い物にも付き合ってくれている。

忙しいだろうに、うまく時間を作ってくれているんだよね？

申し訳ないと思うと同時に、それが嬉しいと感じる自分もいて胸の鼓動が速くなる。

よほど大事な仕事の話をしているのだろうか。通話をする彼の横顔は真剣そのものでその表情が凛々《りり》しく見えて、ますます胸の鼓動が速くなっていく。

完全に声をかけるタイミングを失っていると、通話を終えた海斗さんは私に気づいた。すぐに車から降りた彼は申し訳なさそうに助手席に回る。

「悪い、待たせたか？」

「い、いいえ。私も今さっき来たばかりです」

けっこう長い時間彼の横顔にドキドキしていたなんて、絶対に言えない。

咄嗟に嘘をつき、視線を落とす。

「それならよかった。……仕事、お疲れ様」

ポンと頭を撫でながら言われた一言に、胸がきゅんとなってしまい、なかなか顔を上げられなくなる。

なんでこんなに胸をときめかせちゃっているのかな。海斗さんはただ私を労《いたわ》っているだけじゃない。そう頭ではわかっているのに、なかなか鼓動の速さは落ち着かない。

「急に頭を撫でたりして悪かった」

「えっ？」

顔を上げると、海斗さんは申し訳なさそうに眉尻を下げた。

「触れられて嫌だったよな。……本当に悪かった」

私がなにも言わなかったから、不快に思ったと勘違いされた？　きっとそうだよね、だから謝っているんだ。

それがわかったら思わず口が勝手に動いた。

「違います！　嫌だなんて……っ！　普段、こうやって労ってもらえることがないから嬉しかったですし、なにも言えなかったのはドキドキしていたからで……っ」

視線を落とした彼があまりに切なそうに見えてしまい、無我夢中で言ったところで我に返る。

「ドキドキ？　汐里さんが？」

嬉しかったで終わりにすればよかったのに、私ってばなんで余計なことまで言っちゃうかな。

後悔しても時すでに遅し。海斗さんは「そうか」と言って、再び私の頭を撫でた。

「では、これからは頻繁に汐里さんをこうやって労おう」

クスリと笑いながら言われた一言に、顔の熱が帯びていくのがわかった。チラッと彼を見れば、少年のように笑っているものだからまた私の心臓は暴れ出す。

さっきの凛とした表情も素敵だけれど、私は笑った顔のほうが好き。彼の笑みからは優しさが滲み出ていて、こっちまで自然と頬が緩むもの。

「顔がさっきより赤いけど、もしかしてまだ照れてる？」

膝を折って私と同じ目線で顔を覗《のぞ》かれ、思わずのけ反る。

「て、照れてなんていません……！」

必死に抵抗するものの、これでは図星ですと言っているようなもの。現に海斗さんは笑いをこらえながら「それは悪かった」なんて言う。

本当、第一印象ではこんな人だと誰が想像できただろうか。

「翼君が待っているだろうし、迎えに行こうか」

「はい、お願いします」

笑いが落ち着いた彼は、紳士に助手席のドアを開けてくれた。スマートな振る舞いには、ずっと慣れない気がすると思いながら乗り込んだ。

保育園までの僅かな距離を移動中は、いつも翼の話をしていた。

翼が好きなものや嫌いなもの、どんなことに興味を持っていて赤ちゃんの頃はどうだったのか。ひとつひとつのエピソードを海斗さんは楽しそうに聞いてくれる。それらを週末に実家に戻ったら両親に話すと言っていた。

保育園の駐車場に着き、朝同様、彼も車から降りた。

「じゃあ行こうか」

「……はい」

平然と歩を進めているけれど、海斗さんはこのたくさんの視線が気にならないのかな。お母様たちはもちろん、先生たちまで彼に視線が釘付けで黄色い悲鳴まで上げちゃっているというのに。隣を歩くのに毎回躊躇してしまう。

半歩後ろの位置で保育園の入口へと急ぐ。彼とともに保育園の玄関を抜けると、すぐに気づいた先生が駆け寄ってきた。

「こんばんは。あの天瀬さん、ちょっといいですか？」

「はい、なんでしょうか？」

いつもだったらすぐに遊んでいる翼を呼んでくれるのに、なぜか先生は翼に気づかれていないことを確認してから声を潜めた。

「実は翼君、今日お友達と喧嘩《けんか》をしちゃいまして……」

「え、翼がですか？」

これまで一度も誰かと喧嘩なんてしたことがなかったのに、原因はなんだったのだろう。

「はい、その原因なのですが……」

そう言うと先生は言葉を濁してチラッと海斗さんを見た。

どうしたのかと思って、私もつい彼を見てしまう。すると先生は近くにいる子どもを迎えに来た保護者に聞こえないよう、さらに小さな声で言った。

「翼君のお友達が、お母様たちが天瀬さんと桜葉さんが結婚するんじゃないかって話しているのを聞いていたようで、翼君に質問したようなんです。そうしたら翼君、怒っちゃって」

三日続けて海斗さんと翼の送迎をしていたから、そのような噂《うわさ》が広まってもおかしくはない。

翼は今も大きくなったら私と結婚すると言っている。まだ幼いし、甘えられる存在が私しかいないのもあると思う。

それに両親がいる男の子だって幼い頃ママと結婚する！　って言う子がいるらしいし。だから敢《あ》えて否定はせずに、結婚できないという事実は告げずに安易に約束してしまった。

一呼吸を置いて先生は続けた。

「汐里ちゃんと結婚するのは僕だって。それを聞いてお友達に賢い子がいて、汐里ちゃんは翼君と血のつながった家族だから結婚できないって言ったら、さらに翼君怒ってしまって。それで取っ組み合いの喧嘩になっちゃったんです」

「そうだったんですね。翼がご迷惑をおかけしてしまい、申し訳ありませんでした。

それで翼が怪我をしたり、お相手の子を傷つけてしまったりしていないでしょうか？」

「はい、みんなとくに怪我はなく、お友達のお母様にも事情を説明したところ、子どもたちの前で軽はずみに話してしまって申し訳ないと言っておりました。天瀬さんにも謝罪したいとも」

翼もお友達も怪我がないと聞き、ホッと胸を撫で下ろした。

「それとこれ以上変な噂が広まらないよう、勝手ながら私どものほうからも、桜葉さんは翼君の叔父であることをお伝えさせていただきました」

先生の話を聞き、海斗さんは深く頭を下げた。

「ご配慮いただき、ありがとうございました」

「いいえ、そんな！　プライベートなことを広めてしまい、こちらこそどうお詫《わ》びしていいか……」

「私が翼君の叔父であることは事実ですので、話していただいても構いません。むしろ助かりました。……しかし、翼君は傷つきましたよね？」

海斗さんが心配そうに尋ねると、先生は気まずそうに目を泳がせた。

「えっと……どう表現するのが正しいのか……。傷ついたというのでしょうか？」

言葉を濁した先生に、私と海斗さんは顔を合わせて首を捻《ひね》る。

「どういう意味でしょうか？」

言いたいことがわからなくて聞くと、先生は苦笑いしながら教えてくれた。

「あれほど懐いていたというのに、すっかりと桜葉さんのことをライバル視していまして」

ライバル視？　翼が海斗さんに？

私も海斗さんもぽかんとなる中、私たちが迎えに来たことに気づいた翼が「しーちゃん！」と言いながら慌てて駆け寄ってくる。

最近では私より先に海斗さんに抱きつくところ、今日は勢いよく私の腕の中に飛び込んできた。そして先生が言っていた通り、翼は海斗さんを鋭い目で睨みつける。

「海斗君、しーちゃんと近いよ！　もっと離れて‼」

強い口調で海斗さんを牽制《けんせい》する翼に戸惑う。

「いい？　海斗君。しーちゃんは僕のだから絶対に渡さないよ」

そう言って翼はさらにきつく抱きついてきた。

今後、なにかあった際には海斗さんが保育園の送迎をしてくれると言っていたし、これから先の未来のことを考えても、翼と海斗さんが不仲だとなにかとまずい状況だとわかっているけれど、可愛い甥っ子に『僕のだから絶対に渡さないよ』なんて言われて嬉しい反面、いよいよどう説明したらいいのかと頭を悩ませてしまう。

「しーちゃん、海斗君なんて好きじゃないよね？　僕が一番好きだよね？」

目を潤ませて聞かれたら事実など告げられるはずもなく、「もちろん翼のことが一番好きだよ」と答えていた。

私の言葉を聞いて翼は笑顔になり、そして勝ち誇った顔で海斗さんを見る。

「海斗君、わかった？　しーちゃんは僕が大好きなんだって。だから海斗君はしーちゃんと結婚しちゃだめだからね？」

翼にとっては精いっぱいの牽制なのかもしれないが、大人の私たちから見たら可愛い以外のなにものでもない。それは先生も同じようで可愛い！　と言いたそうに両手で口を覆っていた。

一方の海斗さんはというと、必死に笑いをこらえながらも「わかったよ」と翼に伝えた。それを聞いて安心したのか、翼は私の手を引っ張る。

「しーちゃん、早く帰ろう」

「うん」

先生から荷物を受け取り、挨拶をして保育園を出る。いつもの翼なら私と海斗さんの間に立って手を繋ぐのに今日は違った。

「翼君、俺とは手を繋いでくれないのか？」

寂しく思ったようで海斗さんから声をかけるが、翼はツンとする。

「海斗君は僕の恋のライバルだからね。もう前みたいに仲良くしないの」

「えっ？」

さっきのやり取りで翼は納得してくれたと思ったのに違ったの？

海斗さんも予想外だったようで足が止まった。

「どういうことだ？　さっき俺は汐里さんとは結婚しないと翼君と約束をしただろ？」

「そうだけどしーちゃんは可愛いし、海斗君……本当はしーちゃんのことを好きじゃないの？」

「なにを言ってっ……！」

初めて慌てた様子で声を荒げた海斗さんに、翼は疑いの目を向けた。

「怪しい。海斗君も結婚していないし、油断できないからね。しーちゃんに近づく男はみんなライバルだってお友達が言っていたんだ。だから海斗君は僕のライバルなの。ライバルは仲良くしちゃだめでしょ？　わかった？」

「ちょっと翼？」

あんなに仲が良かったのにどうしてそうなるの？

どうにかしたいと思うも、その方法が浮かばなくて言葉が続かなくなる。

海斗さんも可愛がっている翼にあんなことを言われてショックだったのか、固まっていた。

「海斗君、これからは僕にいっぱいお話ししないでね。僕も海斗君にお話ししないから」

「いや、それは……」

「しーちゃん、早く帰ろう」

一方的に話を終わりにして、私の手を引いて歩き始めた翼に戸惑うばかり。チラッと振り返れば、よほど衝撃を受けたのか海斗さんが立ち尽くしていた。

少しして我に返った海斗さんが後を追いかけてきて、翼は渋々彼の車に乗った。しかし現金なもので大好きなアニメのＤＶＤを流してもらったらすっかり夢中になっている。

「海斗さん、すみませんでした」

その隙に翼に聞こえないよう、そっと運転する海斗さんに謝罪をした。

「いや、俺なら大丈夫」

とは言うものの、明らかにショックを受けている様子で苦笑いしている。

「家に帰ったら翼によく言い聞かせますので」

「本当に大丈夫だから。……おかげで、翼君にとって汐里さんはかけがえのない存在なのだと改めて認識させられたしな。それに今は翼君の気持ちを大切にしてやりたいし、こういうことも成長の過程では大切なことだろ？」

「そう、かもしれませんね」

きっと私とふたりでずっと暮らし続けていたら、祖父母との出会いもなかったし、海斗さんをライバル視するということもなかった。

私にとっては頭を悩ませる問題だけれど、確実に翼には大きな成長の糧となっているはず。

「様々なことを経験し、子どもは大人になっていく。その過程に携われることができて俺は嬉しいよ」

「海斗さん……」

彼の言葉、表情から翼をとても大切に思ってくれているのが伝わってくる。

「それに翼君とはまた一から関係を築いていけばいい。……これからいくらでも時間はあるのだから」

「……そうですね」

姉と聡さんとは、もう同じ時間を生きることは叶わないけれど、私たちは生きている。時間はいくらでもあるんだ。

とは言ったものの、翼の気持ちは固いようで海斗さんとなかなか言葉を交わそうとせず、ひたすら避け続けた。

そのまま迎えた日曜日。三歳から通い続けているサッカー教室に行くのは今日が最後。来週から翼は、泰三さんが紹介してくれたサッカーチームのジュニア育成コースに入ることになっている。

毎週日曜日は市営のサッカーグランドでベンチに座り、翼の練習する姿を見たり他チームとの練習試合や大会への付き添いをしたりしていた。それも今日で最後だと思うと寂しい。

しかし、それにしてもさっきから近くにいる子どもたちの母親からの視線が痛い。

「翼君、なかなかセンスがあるな」

「本当ですか？」

海斗さんは先週の練習日にはこちらに来たばかりで付き添えなかったけれど、今日は朝からこうして付き合ってくれていた。

同じ席にいる他の保護者からの視線が私は気になって仕方がないが、隣に座る海斗さんはいっさい気にならないようで練習をする翼に視線が釘付けだった。

「あぁ。……さすが兄さんの子どもだ」

「じゃあ聡さんもサッカーを？」

「ずっとやっていたよ。幼い頃から大学生までずっと。よくユースチームにスカウトされていたけど、兄さんは会社を継ぐと早くから覚悟を持っていたから全部断っていた」

そうだったんだ。真面目な聡さんらしい。私が知る聡さんも真面目で優しくて、誠実な人だったから。

「小さい頃の俺から見たらさ、断る兄さんがカッコよく見えて。それを言ったら兄さんはなぜか泣きそうな顔をして俺の頭を撫でてくれたんだけど、今ならあの時の兄さんの気持ちが痛いほど理解できて、後悔せずにいられないんだ」

一呼吸を置き、海斗さんは続けた。

「兄さんからしてみたら、後継者という重圧もなく自由に生きられる俺が羨ましかったんだと思う。それなのにカッコいいなんて俺は言ってしまった」

彼の声は切なげで、言葉通り今も後悔しているのか瞳が揺れる。

「兄さんがいなくなって、これまで兄さんが背負ってきたものを嫌というほど理解できた。だからいつか会ったらあの時はごめんって謝りたかったんだ。……それが叶わない分、翼君には兄さんと同じ思いをさせたくない。翼君にはやりたいことをやってほしいし、進みたい道に進んでほしい」

それは私も翼に対して常日頃願っていることだった。翼には翼らしく自由に生きてほしい。

「父さんと母さんも同じ気持ちでさ、翼君がサッカーを習っていると聞いてあんなお節介をしたんだ」

「そんな、お節介だなんて……！　私は感謝しています。だって翼、すごく嬉しそうでしたよね？　それに定期的に泰三さんたちに会うこともできますし、感謝してもしきれないですよ」

海斗さんと偶然再会できたおかげで翼の未来が開けたと思うし、私にとっても翼を守ってくれる存在ができて心強いのだから。

しかしなぜか海斗さんは浮かない表情を浮かべている。

「そう言ってくれるのはありがたいが、翼君のことになるとふたりが今後も暴走するのが目に見えている。だから先に謝っておく。厄介なことに巻き込んだらすまない」

あまりに海斗さんが真面目な顔で謝ってくるものだから、思わず笑ってしまった。

「先に謝っておくって……ふふ、大丈夫ですよ。全部翼を思ってのことだと理解できますから」

そんな厄介ごとなら喜んで受け入れるよ。

笑っていると、なぜか急に海斗さんは立ち上がった。不思議に思って「海斗さん？」と名前を呼ぶが、一向に彼はこちらを見ようとしない。

「ちょうど休憩になったようだから、翼君に声をかけてくる」

「え？　あっ」

足早にグラウンドへ向かう海斗さんの背中を呆然と眺める。

海斗さん、どうしたんだろう。なんか様子がおかしかったよね？

疑問に思いながら私も席を立ち、海斗さんの後を追った。すると海斗さんは近くに転がっていたサッカーボールを器用に蹴り上げて、リフティングを始めた。

「おぉ……！　兄ちゃん、すごい‼」

「翼の兄ちゃんカッコいいな！」

翼の友達が褒めるのも当然だ。海斗さんはまるで足にボールがくっ付いているがごとく、簡単にリフティングをやっているのだから。周りにいた人たちみんなが歓声を上げた。

「海斗君、どうしてそんなにできるの⁉」

あれほど海斗さんを避けていたのに、翼は目を輝かせて詰め寄った。

「俺も翼君くらいからずっとサッカーをやっていたんだ。……翼君のパパと一緒にね」

「パパも？」

「あぁ」

そう言うと海斗さんはサッカーボールを手に持ち、膝を折って翼と目線を合わせた。

「パパの子どもだ。翼君も練習をすればこれくらい簡単にできるようになるさ」

「本当に⁉」

「もちろん。俺も教えてあげるよ」

海斗さんの話を聞いて喜ぶ翼だが、それは一瞬で急に気まずそうに目を泳がせた。

しかし友達から「いいなー、翼」「羨ましい！　できるようになったら俺にも教えてくれよ」と声をかけられ、なぜかチラッと私を見た。

「えっと……じゃあ海斗君にサッカーだけ教えてもらう！　でも僕と海斗君はライバルだからね！」

念を押す翼に、海斗さんは必死に笑いをこらえながら「わかったよ」と返事をした。

もう、翼ってば。だけど素直に言えないのも可愛いと思ってしまう。きっと海斗さんも同じことを考えていそう。

「翼、たまには一緒にサッカーやろうな」

「いつでも遊びに来いよ」

練習が終わり、今日が最後ということで友達から寄せ書きされたサッカーボールがプレゼントされた。

次々と声をかけられ、翼はサッカーボールをギュッと抱きしめた。

「うん、また絶対に来るね！　みんな、ありがとう」

大きな声でお礼を言った翼の瞳からは、大粒の涙が零れた。

憧れの元サッカー選手に教えてもらえると大喜びしていたけれど、それはこの約二年間一緒にサッカーをやってきた友達と離れることを意味する。

切磋琢磨《せっさたくま》してきたんだもの、寂しくないはずがない。それなのに泣きながらもちゃんとお礼を言えた翼に成長を感じ、私まで涙腺が緩む。

「なにも毎週通う必要はない。数ヵ月に一度は休んでこちらに来たらいいじゃないか」

「えっ？」

隣で翼を見守っていた海斗さんは、優しい笑みを浮かべた。

「あんなにいい仲間に出会えたんだ。あの縁を切らせたくない」

「そう、ですね」

違うサッカー教室に通うと決めた以上、もうここには二度と来られないと思っていたけれど、そんなことはないのかもしれない。

さっき、コーチにもまたいつでも遊びに来てくださいって言ってもらえたし、せっかくできた友達とこれからもいい関係を築いていってほしい。

「ありがとうございます、海斗さん」

「急にどうした？」

いきなりお礼を言い出した私に彼は困惑している。それがちょっぴり可笑しくて頬が緩む。

「翼のことを考えてくれたことに対してです」

出会ってからというもの、常に翼のことを第一に考えてくれている。本当に何度お礼を言っても足りないくらいだ。

「それなら礼を言うのは俺のほうだ。翼君をここまで大切に育ててくれてありがとう。あれほど素直で優しくていい子に育ったのは汐里さんのおかげだ」

「そんな……」

私はなにもしていない。私はただ姉が亡くなってから翼と一緒に生きてきただけ。

「謙遜することはない。本当に翼君に汐里さんがいてくれて心からよかったと思うよ」

「……っ」

どうして海斗さんはそんな嬉しいことを言うのかな。だめだな、私。最近涙腺が緩い気がする。必死に涙をこらえても、嬉しくて涙が溢れそう。

「ありがとう、ございます……っ」

結局こらえることができず涙が溢れてしまい、慌てて手で拭う。

「すみません、これは海斗さんが嬉しいことを言うから泣いたわけでは……」

そこまで言いかけた時、海斗さんはポケットからハンカチを手に取って私の涙を拭ってくれた。びっくりして顔を上げれば、愛おしそうに私を見つめる彼と目が合って胸がとくんとなる。

「それは悪かった。だけどさっき言ったことはすべて本心だ。何度言っても足りないくらい汐里さんには感謝している。俺たち家族を元気な翼君と会わせてくれて本当にありがとう」

「海斗さん……」

せっかく彼が涙を拭ってくれたというのに、そんなことを言われたら止める術を失う。

「悪い、泣かせるつもりはなかったんだが」

あまりに私が泣くものだから、海斗さんは困惑している様子。幸いなのは、私と同じように子どもたちの感動的な姿に涙を流している人もいることだ。

とはいえ、いつまでも泣いていたら不自然に思われる。どうにか涙を止めようとしていると、翼が「あー！」と言いながら駆け寄ってきた。

「海斗君！　しーちゃんに触っちゃダメ‼」

勢いよく私の足にしがみついた翼は、まるで猫のように海斗さんを威嚇する。

「触っていないよ」

海斗さんは両手を上げて触っていないアピールするものの、翼は警戒心を緩めない。

「絶対に触った！　もう、海斗君はしーちゃんに近づいちゃダメだからね」

「それは難しいお願いだな。せめて翼君が一緒の時は許してくれ。でないと、ふたりを送り迎えしたり一緒に東京に行ったりできないだろ？」

言い聞かせるように言われた翼は「うーん……」と頭を悩ませる。

「そうだよ、翼。海斗さんが一緒にいてくれないと、じいじとばあばにも会えないよ？」

私にも言われた翼はますます頭を抱えた。

「じゃあ……海斗君はしーちゃんじゃなくて、僕とずっと一緒ね」

「えっ」

まさかの打開案に私と海斗さんは顔を見合わせた。

「僕と一緒にいれば、しーちゃんに近づけないでしょ？　だからこれからは僕のそばを離れちゃダメだからね」

凛々しい顔で言う翼に、私は目を瞬かせてしまう。

翼がずっと海斗さんのことを避けていてどうしようと悩んでいたから、よかったといえばよかったけれど……。

「わかったよ。じゃあずっと俺と一緒な」

そう言って翼を肩車した海斗さんは、どこか嬉しそう。

翼も翼で私とは違い、背の高い海斗さんに肩車をされていつもより視界が高いからか、大はしゃぎ。

「きゃー！　すごい、海斗君！　高いよ‼」

「それはよかった」

ふたりの姿を見ていると、まるで本物の親子のようで笑みが零れる。

しかし、他の子が翼を羨ましがり、海斗さんはそれから多くの子を肩車する羽目になってしまった。だけどそのおかげでしんみりとしていた空気が変わり、翼は和やかな雰囲気の中でみんなと別れることができた。

次の日から翼は変わった。海斗さんが来たら常にべったりとくっ付き、私から海斗さんを遠ざけた。でもそれは海斗さんにとったら嬉しいことのようで、ふたりの距離は一気に近づいたのだった。


「ねぇ、しーちゃん。海斗君いないとつまらないね」

「ふふ、そうだね」

迎えた土曜日。今日は東京へ向かう日となっている。朝から海斗さんが運転する車で行く予定になっていたが、彼の仕事でトラブルが起きたようで急遽《きゅうきょ》、私たちが初めて出会った遊園地へと海斗さんとともに向かった。

私たちが待っていたら海斗さんの仕事の邪魔になると思い、先にふたりで東京に向かうと提案したが、それを彼は拒否した。

せっかく翼とまた近づけたのだから、一緒に行きたいという。だから仕事が終わり次第東京へ向かうことになり、私たちは彼の仕事が終わるまで遊園地で遊んで待っていることになった。

しかし、思った以上に予定が長引いているようだ。一度はライバル宣言をしたものの、やっぱり仲が良いようで翼は彼がいないとつまらないという。

「翼、メリーゴーランド乗る？」

「……うん、乗ろうかな」

とは言うが、気乗りしない様子。海斗さんと仲良くなってくれて嬉しい反面、こんな姿を見ちゃうと寂しくもある。

だけど実際にメリーゴーランドに乗って動き出したら、翼ははしゃぎ出す。

「しーちゃん！　お馬さん高いよ！」

「そうだね、ちゃんと掴まっていないと大変だよ」

「うん！　落ちないようにしないとね」

そう言って翼はギューッと馬に掴まった。その姿が愛らしくて私はスマホを向ける。

「しーちゃん～！」

カメラを向けられた翼は私に向かって満面の笑みで手を振る。動画がうまく撮れたし、後で海斗さんや泰三さんたちに見せてあげよう。

それからもふたりで様々な乗り物に乗っていく。気づけばお昼近くになっていた。

「しーちゃん、喉渇いたしお腹が空いたぁ」

「ちょっと待ってて」

予定ではサービスエリアに寄ってお昼ご飯を食べようと話していた。でも、まだ仕事は終わらないようだし、翼も限界のようだから先に食べていてもいいかな。

一応メッセージを入れておこうと思い、翼がひとりでどこかに行かないように手を繋いでスマホを操作していると、背後から「天瀬様でしょうか？」と声をかけられた。

振り返るとスーツを着た綺麗な女性が立っていた。

歳は私とそれほど変わらないだろうか。だけど背筋がピンと伸びていて、佇《たたず》まいでさえ気品を感じる。

カジュアルな服にメイクもほとんどしておらず、髪も後ろの高い位置でひとつにまとめただけだから、なんだかすごく自分の姿が恥ずかしくなる。

あれ？　でもこの人、どこかで見たことがある気がする。どこだっけ……？

必死に思い出していると、彼女は再度私の様子を窺いながら「天瀬汐里様でしょうか？」とフルネームで尋ねてきた。

「あ、すみません。はい、天瀬汐里です」

慌てて名乗ると、彼女はゆっくりと歩み寄り、名刺を手に取って差し出した。

「初めまして。桜葉の秘書を務めております、如月愛実と申します」

「海斗さんの？」

受け取りながら思わず彼の名前を口にしたら、如月さんはピクッと眉尻を動かした。しかしすぐに真面目な顔で私を見つめる。

「左様です。桜葉より伝言を承ってまいりました」

丁寧なしゃべり口調に恐縮してしまう。翼も人見知りが発動したようで、隠れるように私の後ろに身を潜めた。

そっか、海斗さんの秘書……。そういえば、初めて彼に会った日に見かけた気がする。だから見覚えがあったんだ。

だけど秘書ってことは、仕事中は常に一緒に行動しているってことだよね？　納得できたが、今度は別のモヤモヤに襲われる。

「あと少しで終わるとのことですので、お迎えに上がりました。しかし甥っ子様が空腹のようでしたら、お好きなものを買ってほしいとのことで現金をお預かりしております。いかがなさいますか？」

「えっと……」

海斗さんは気を遣って如月さんに託してくれたのだと思うけれど、さすがにそこまでしてもらうのは申し訳ない。ただでさえ海斗さんにはお世話になりっぱなしなのだから。今日だって昼食代は私が出すつもりだった。

それに彼は仕事をしているのに、私たちだけ先に食べちゃうのも悪い気がする。

しかし翼は我慢できないかもしれない。そう思い、翼に聞いてみた。

「翼、なにか食べる？　それともあと少し我慢できるなら海斗さんと一緒に食べる？」

すると翼は迷いなく「海斗君と一緒に食べる！」と言った。

「僕、我慢できるよ。だって海斗君もお腹が空いているのに我慢しているんでしょ？　だったらみんなで一緒に食べよう」

翼らしい答えに頬が緩む。

「うん、そうだね。みんなで食べようね」

答えは決まり、如月さんにも伝える。

「かしこまりました。では桜葉のもとへご案内いたします」

そう言って先に歩き出した彼女の後を翼とともについていく。すると翼はとんでもないことを言い出した。

「ねぇ、しーちゃん。あのお姉さん、どうしてあんなにお顔が怖いの？」

小声で言ったつもりが、翼の声は大きくて少し前を歩く如月さんにもしっかりと聞こえてしまったようで、彼女は足を止めた。

「つ、翼ってばなにを言ってるの？　怖くないでしょ？」

ギョッとなり慌てて言ったが、翼は首を傾げる。

「えぇー、怖いよ。だって全然笑わないよ？　女の子はねー、笑ったほうが可愛いと思う」

素直な翼らしい意見だが、今は非常にまずい。子どもの素直さは時に恐ろしくもある。

「すみません、如月さん」

とにかく謝ったが、彼女はこちらを見ることなく「子どもの言うことですので気にしておりません」と冷たく言い放ったものだから、心臓がキュッとなる。「すみません」と言うことしかできない。

「どうしてしーちゃんが謝るの？　僕、間違ったことは言っていないでしょ？」

もうこれ以上なにも言ってほしくなくて、「それは後でお話ししようね」と無理やり納得させた。

「こちらです」

再び歩を進めた彼女の後を追い、遊園地の事務所へ向かう道中、翼がこれ以上失礼なことを言わないように他愛《たわい》ない話を振り続けた。

事務所に入ると、廊下で誰かと真剣な表情で話し込む彼の姿が見えた。まだ仕事は終わっていないようだ。

「こちらで少々お待ちください」

「はい」

如月さんに言われた通り、近くの椅子に翼と腰を下ろす。

「しーちゃん、海斗君まだ？」

「うん、もう少し待とうね」

幸いなことに翼は海斗さんに気づかなかったようだ。

もう一度彼の姿を見る。

私たちと一緒の時はよく笑うし、様々な表情を見せてくれているけれど、今の彼は仕事中ということもあり、表情が硬くてどこか怖く感じる。まるで初めて会った時のよう。

「海斗君、まだかなぁ」

海斗さんのことが待ちきれないようで、足をぶらぶらさせながら翼は周囲を見回す。

すると彼を見つけてしまい、「あー！　海斗君だぁ！」と大きな声で叫ぶと、立ち上がって海斗さんのもとへ一目散に駆け寄った。

「翼、待って！」

すぐに止めようとしたが素早い翼を捕まえられなかった。

「海斗く～ん！」

翼の声に気づいた海斗さんは顔を綻ばせ、両手を広げて翼を抱き止めた。

「待たせて悪かったな、翼君。遊園地は楽しんだか？」

「うん、しーちゃんといーっぱい乗り物に乗ったんだけどね、海斗君がいなくて少しつまらなかったよ」

「……そっか、ごめんな」

優しい眼差《まなざ》しを向けて、海斗さんは翼の頭を撫でた。

ふたりだけの世界に、入りづらくなる。するといつの間に隣に来たのか、如月さんがそっと言った。

「少しよろしいでしょうか？」

「……はい」

戸惑いながらも先に歩き出した如月さんの後を追う。

そして海斗さんと翼から少し離れた場所で彼女は声を潜めた。

「どういうお気持ちで副社長のおそばにいらっしゃるのですか？」

「えっと、どういう意味でしょうか？」

質問の意味が理解できず尋ねると、如月さんは前を見据えたまま口を開いた。

「甥っ子様を理由に、邪《よこしま》な感情を抱いて副社長と一緒にいるのかとお聞きしているのです」

「邪な感情って……」

あまりにも失礼ではないだろうか。これにはさすがにムッとなり、彼女に鋭い目を向けてしまう。

それに気づいたのか、如月さんはゆっくりとこちらを向いた。

「ご気分を害されたら申し訳ございません。しかし、これまでも多くの女性がなにかしらの理由をつけて、副社長に近づいてきました。それらを一掃するのも私の仕事なのでご了承ください」

つらつらと言うと、彼女は小さく息を吐いた。

「副社長はご多忙です。それなのにあなた様たちと一緒に過ごす時間を確保するため、無理しております。そのことをご存じですか？　それとも知らずに副社長をタクシー代わりにお使いになっておられるのですか？」

「そんなつもりじゃ……っ！」

「では、ご存じなかったのですね」

間髪《かんぱつ》を容《い》れずに図星を突かれ、なにも言えなくなる。

海斗さんの立場を理解しているのに、彼が翼の兄、または父親のように接してくれるのを見て甘えていた。

もちろん気づいていたが、大丈夫だと言う海斗さんの言葉を信じてしまっていた。

「今後はご理解いただけませんか？　本日も急遽発生したトラブルに対処するための打ち合わせが午後に入ったところ、おふたりを東京まで連れて行かなくてはいけないという理由で欠席されるため、今までその準備に追われておりました。週明けからもスケジュールが詰まっております。秘書の私としましては、副社長にご自分の体調管理をしっかりとなさっていただきたいのです」

そう、だよね。海斗さんはサクラバ食品会社の副社長だ。忙しくないわけがない。それなのに私たちの送迎や手伝いをしてくれて、貴重な休日には翼のサッカー教室に付き合ってくれた。

本当に私ってば海斗さんに甘えすぎていた。

「すみませんでした。今後は海斗さんのご迷惑にならないように気をつけます」

頭を下げて謝罪をすると、如月さんは深いため息を漏らした。

「今さらですが、ご理解していただけてよかったです」

言葉に棘《とげ》のある言い方をして、鋭い目を私に向けた。

「それと今後も副社長に邪な感情を抱かないようお願いいたします。……あなたと副社長ではあまりに不釣り合いです。ご自分の立場をわきまえてください」

真っ先に浮かんだ感情は〝悔しい〟だった。でも彼女の言うことはすべて間違っていなくて、なにも言い返せないことが悲しくなる。

「……は、い」

言われなくたって自分の立場は理解しているつもりだ。私と海斗さんは翼の叔父と叔母という関係なだけだと。

それなのに如月さんに言われて悔しい、悲しいと思うのはなぜだろうか。

「ご理解のある方でよかったです。副社長は甥っ子様とのお時間をとても大切にされていますので、私もできる限り甥っ子様とご一緒に過ごせるように調整いたします。しかしそれはあくまで甥っ子様に限りです。あなた様と過ごす時間を割くならお仕事に当てさせていただきます」

冷たく言い放ち、如月さんは海斗さんのもとへ向かう。綺麗な姿勢で歩く彼女の背中を見つめながら、心は大きく揺れる。

どうしてこんなにも心を乱されているの？　如月さんはなにも間違ったことは言っていないのに。

「副社長、お車を回してきましょうか？」

「助かるよ。ありがとう」

「いいえ。では少々お待ちくださいませ」

小さく一礼して再びこちらにやってきた如月さんは、いっさい私を見ることなく颯《さっ》爽《そう》と横を通り過ぎていった。

胸をえぐられたような、鈍い痛みに襲われて苦しくなる。それはどうして？

「しーちゃん、海斗君がねー、ラーメン食べに行こうだって」

翼の声に我に返り、慌てて表情を繕った。

「近くに美味いラーメン屋があると園長から聞いたんだ。翼君もお腹が空いたようだし、そこで食べてから行かないか？」

「いいですね、ラーメン」

ふたりのもとへ駆け寄りながら、ちゃんと笑えているか不安になる。

「僕、ラーメン大好きだから嬉しい。海斗君、早く行こう」

「あぁ、車が来たらすぐに行こう」

ふたりには幸いなことに気づかれていないが、私は自分の抱いた感情に答えが出なくて困惑していた。

唇が触れて気づく恋心　海斗SIDE

まだ出会って間もないというのに、なぜこんなにも彼女の言動や仕草、表情ひとつひとつに俺の心は揺れ動くのだろうか。

『先に謝っておくって……ふふふ、大丈夫ですよ。全部翼を思ってのことだと理解できますから』

翼君のサッカー教室の見学をしていた時のこと。愛らしい笑みを浮かべて言う彼女を直視できなくなり、俺は慌てて立ち上がった。

あの時のことを思い出すと、居たたまれなくなる。彼女に変に思われていなかったかと不安でもあった。

最初はただ汐里さんの力になりたいだけだった。それがいつからもっと一緒にいたいと思うようになったのだろう。

「海斗君、見ててね！」

「あぁ、ちゃんと見てるよ」

八月最初の土曜日。連日猛暑日が続いており、十七時を回っているというのにまだ二十八度もある。

しかし日中に比べたら風も吹いていて過ごしやすく、俺は実家の庭先で翼君のリフティングの練習に付き合っていた。

「いち、にー……さん！　あぁっ！」

残念ながら三回しか続かず、翼君はがっくりと項垂《うなだ》れる。しかしすぐに立ち直り、

「もう一回やるから見ててね！」と言ってやり始めた。

真面目で一生懸命に取り組むところは、兄さんにそっくりだ。負けず嫌いなところは香織さんに似たのだろうか。

そんなことを考えながらアドバイスして練習を重ねたら、十五回もできるようになった。

「やった！　海斗君できたよ！」

「すごいな、翼君」

俺とハイタッチをして翼君は喜びを爆発させる。

「明日、先生に見せたら褒めてくれるかな？」

「あぁ、褒めてくれるさ」

翼君は先月からジュニア育成チームに通い始めた。

最初は緊張していたし、前のチームのように友達ができるか不安もあったそう。しかしすっかりと慣れたようで、こちらでも友達もできたそう。

憧れの元サッカー選手のコーチに教えてもらえることがとても嬉しいようで、日々の練習を欠かさない。

練習ができない雨の日や夜には家の中でやっているようで、最近はよく隣から大きな物音が聞こえるようになった。

「あ、しーちゃんにも見せてあげないと。海斗君、しーちゃんはもう少しで来るんだよね？」

汐里さんの名前が出て、妙に胸が騒がしくなる。

「そうだよ。仕事が終わり次第向かうって言っていたから、連絡がきたら駅まで一緒に迎えに行こう」

「うん！」

汐里さんはどうしても今日出勤しなくてはいけなくなり、一足先に俺と翼君で東京に向かった。

初めてふたりで行くことになり、最初は汐里さんと一緒ではないと不安で泣くのではないかと思ったが、随分と俺にも懐いてくれたようで見送ってくれた彼女に翼君は笑顔で手を振っていた。

恋のライバル視され、口を利いてくれなかった時はどうしようかと思ったが、今ではすっかりと打ち解けることができた。

それはとても喜ばしい一方で、心配事もある。汐里さんとの関係が思わしくないのだ。

「なぁ、翼君。最近、汐里さん元気がないとか変わったところはないか?」

「え? どうして? もしかしてしーちゃん、病気なの?」

ここ最近の彼女の様子がおかしいことから、さり気なく翼君に聞いたのが間違いだった。変に不安を与えてしまったようで狼狽《うろた》え出した。

「いや、違うんだ。汐里さんはどこも病気じゃない。ただ、いつもと違う気がして聞いてみただけなんだ」

慌てて説明すると翼君は泣きそうな声で「本当に?」と聞いてきた。

「本当だ。悪かったな、不安にさせることを言って。……ただ、その、どうも汐里さんに避けられている気がして……」

どう伝えたらいいのか悩みながらも打ち明けるが、翼君は首を傾げて「避けるってなに？」と言う。

「つまりだな、俺が汐里さんに嫌われている気がするんだ」

一番わかりやすい言葉で説明したら理解してくれて「ええっ⁉」と驚きの声を上げた。

最初の頃はいい関係を築いていけると思っていたのに、いつからか避けられるようになった。もちろんあからさまに避けられているわけではない。

ただ、必要以上に言葉を交わしてくれないし、俺の目を見て話そうともしない。一定の距離を取るようになったし、送迎をしてこうして俺が翼君の面倒を見たりすることに対して、申し訳なさそうにする。

叔父として当然のことをしているだけであって、それは汐里さんも納得してくれていると思っていたのに、なぜ急にそう思うようになったのだろうか。

「海斗君、しーちゃんに嫌われているの？」

「どう、なんだろう。翼君はどう思う？」

藁《わら》にもすがる思いで聞けば、翼君は「うーん」と唸《うな》る。

「ん？　あれ？　でも僕はしーちゃんと海斗君に仲良くしてほしくなかったから、しーちゃんが海斗君を嫌いになってくれてよかった！」

満面の笑みで喜ぶ翼君に思わず「よくないぞ」と突っ込んでしまった。

「よく考えてみてくれ。俺が汐里さんに嫌われたままだったら、一緒にサッカーを習うことも遊ぶこともできなくなるかもしれないんだぞ?」

「えっ! それは嫌だよ、僕!」

事の重大さを理解したようで、「大変だ!」と翼君は慌て出した。

「どうしてしーちゃんは海斗君のことが嫌いになっちゃったのかな? 海斗君、なにかしーちゃんに悪いことしたの?」

「していないさ」

身に覚えはまったくない。いや、しかし自分でも気づかないうちになにか彼女の気に障るようなことを言ってしまった可能性もある。

「うーん……じゃあしーちゃんに聞いてみようよ」

「それはダメだ」

「どうして?」

名案だとばかりに「僕が聞いてあげるよ」と乗り気の翼君を必死に止めた。

そもそも翼君にこんな相談をしたことがおかしい。いくら汐里さんに避けられて切羽詰まっていたとはいえ、大人としてどうなんだ?

さらに翼君に頼ったら、いよいよ情けない大人になってしまう。

「俺が直接聞いてみるよ。もしかしたら俺が汐里さんの嫌がることをしたかもしれないし、だったら謝るべきだろ？」

「……そうだね、悪いことしたらちゃんとごめんなさいしないとね！」

翼君の言う通りだ。悪いことをしてしまったなら謝るしかない。しかし、四歳の甥っ子に気づかされるとは……。兄さんが生きていて聞いたら大笑いされそうだ。

「あ、そうだ。海斗君、僕ねー、誕生日プレゼントに欲しいものが決まったよ」

翼君は思い出したように言いながら、俺の手を握った。

八月十五日は翼君の誕生日と知ってから両親は異様に気合いを入れ、盛大に祝おうとしている。

これまであげられなかった分も渡したいと言い出し、すでに翼君が欲しいと言ったものを四年分渡した。

そんな翼君にしてみれば、俺にプレゼントはなにがいいか聞かれても思い浮かぶわけがなく、保留となっていた。

「なにが欲しい？　なんでもいいぞ」

小さな手を握り返して聞くと、翼君は大きな声で答えた。

「僕ね、しーちゃんと海斗君の三人で水族館に行きたい！　大きなイルカさんに会いたいの！」

「水族館？」

「うん！　大きなイルカさんをよしよしできるんでしょ？　前にしーちゃんとテレビで見てね、行きたいねって言っていたの」

「そうか、大きなイルカ……」

イルカには様々な種類がいるが、さほど大きさは変わらない。しかし翼君は大きいと言う。もしかして翼君が言っているのはイルカではないんじゃないか？

そう思い、ポケットからスマホを手に取ってシャチを飼育していることで有名な水族館のホームページにアクセスした。そこに掲載されているシャチの動画を翼君に見せる。

「大きいイルカさんってこれか？」

俺のスマホの画面を見た翼君は指差して大きく頷いた。

「大きなイルカさん！　カッコいいね」

やはりシャチだったか。翼君が見たいものがわかってよかった。

「よし、じゃあ汐里さんの予定が合えば来週の土曜日に三人で大きなイルカさんに会いに行こう」

「わーい、やったー!!」

大喜びする翼君を見ていると、いつも頬が緩んでしまう。

兄の子どもだからだろうか、翼君が世界で一番可愛く見えて仕方がない。

「そうだ！　海斗君、もうひとつお願いしてもいい？」

「もちろん」

両親たちと同じで俺もこれまでの四年間、渡せなかった分のプレゼントをあげたい。

それに翼君のお願いならどんなことだって叶えてやりたくなる。

「海斗君の会社ってすっごく大きいんでしょ？」

「そう、だな。大きいと思う」

翼君の言う大きいの基準がどのくらいかはわからないが、本社ビルは三十五階建てで、多くの社員が勤めている。

「僕、海斗君の会社に行って海斗君が働いているところを見たい！」

「俺の働いているところ？」

意外なお願いにオウム返しすれば、翼君は元気よく返事をした。

「うん！　海斗君のお仕事のこと知りたいんだー」

なんて愛らしいことを言うのだろうか。そんな風に言われたらダメとは言えなくなる。

「わかったよ」

「本当？　約束だよ？」

「あぁ」

休日なら連れて行っても大丈夫だろう。副社長室のあるフロアには社長室と会議室しかなく、社員と鉢合わせることもないだろうし。

ただ翼君を連れて行ってもいいか汐里さんに了解を得たほうがいいだろう。水族館の件といい、彼女と話す話題をくれた翼君には感謝しなくてはいけない。

「海斗君、スマホ！」

「えっ？」

翼君に言われるがまま画面に目を向けると、汐里さんから東京駅に着く時間が送られてきた。

「翼君、汐里さんを迎えに行こうか」

「うん！　早く行こう‼」

汗をかいた翼君を着替えさせてからふたりで汐里さんを迎えに向かった。

「しーちゃん！」

東京駅の改札口で汐里さんの姿を捜していると、俺より先に彼女を見つけた翼君は一目散に駆け出し、汐里さんに飛びついた。

「しーちゃん、お仕事お疲れ様」

「ありがとう。海斗さんとお利口さんに待てた？」

「うん！　海斗君とねー、サッカーやってリフティングがいっぱいできるようになったの。あとね、じいじとばあばとオムライス食べたんだよ」

「そっか、よかったね」

翼君を抱き上げて彼女はゆっくりと俺と距離を縮めた。

「海斗さん、今日はありがとうございました」

「いや、そんな気にしないでくれ。……仕事、お疲れ様」

当たり障りのない言葉をかけたつもりだったが、汐里さんは俺から視線を逸《そ》らした。

「ありがとうございます」

彼女は照れているわけではなく、困惑しているように見えて心が落ち着かなくなる。

微妙な空気感を子どもながらに察知したのか、翼君は焦った様子で俺と汐里さんを交互に見た。

「し、しーちゃん！　あのね、僕ね、海斗君に誕生日プレゼントはしーちゃんと海斗君と三人で水族館に行きたいってお願いしたの」

「水族館？」

「うん！　ほら、前に大きなイルカさんテレビで見たでしょ？　海斗君がね、連れて行ってくれるって！　それと海斗君の会社にも連れて行ってくれるんだよ」

翼君から聞いた汐里さんは困惑した表情で俺を見た。

「もし汐里さんの都合がつくなら、来週の土曜日にでも水族館へ行かないか？」

「私は休みなのでいいですが、海斗さんのお仕事は大丈夫なんですか？」

「もちろん」

心配そうに聞かれたから答えたというのに、彼女の表情は晴れない。

「本当ですか？　無理していません？」

「していないさ」

なぜこんなにも彼女は気にするのだろうか。

「しーちゃん、楽しみだね！」

「……う、うん。そうだね」

歯切れの悪い返事をして作り笑いを浮かべる。そして汐里さんはそっと俺に「また後でお話しさせてください」と言った。

たしかにせっかく楽しみにしている翼君の前でこれ以上は話せそうにない。「わかった」と答えて三人で近くのパーキングへと向かった。


「そうか、海斗に誕生日プレゼントで水族館に連れて行ってもらうのか」

「うん！　大きいイルカさんに会いに行くんだー」

実家に戻ると、すぐに両親と一緒に夕食となりテーブルを囲んだ。そこでさっそく翼君は両親に俺たちと水族館に行くことを嬉しそうに話した。

「うーん……失敗したな、母さん。私たちもプレゼントに行きたいところに連れて行ってあげればよかった」

「ふふ、じゃあ今度は翼君に私たちと三人で遊園地に行ってもらいましょうか」

「それは名案だ。どうだ？　翼君。今度はじいじとばあば、三人で遊園地に行こう」

「行きたいー!!」

両手を上げて喜ぶ翼君に父は「よし、夏休み中に行くか」とすっかり乗り気。父も母もいい顔をしている。

しかし汐里さんは、複雑そうな表情で翼君たちのやり取りを見つめていた。汐里さんのことが気になって何度も様子を窺うが声をかけるタイミングがなく、俺は翼君と先にお風呂に入った。

初めて週末に泊まりに来た際、翼君が俺と一緒に入りたいと言ってくれて、それからふたりで入るのが日課となっている。そこで翼君は様々な話を聞かせてくれる。

今日も保育園の友達のことやサッカー教室のことなどで話が止まらなかった。お風呂から出ると父が待ち構えており、翼君が寝るまでゲームをやりに行った。

父は庭のブランコや滑り台の他に、翼君と一緒にやりたいがために人気のゲーム機まで購入した。他にもおもちゃを買い与えており、母や俺から自粛するように言われているほど。

よく祖父母は孫が可愛くて仕方がなく甘やかすと聞いていたが、父も例外ではないようだ。

入れ替わりで汐里さんがお風呂に入り、リビングには母がひとりいた。

「お風呂お疲れ様。翼君はすっかり海斗に懐いたわね」

「あぁ、嬉しい限りだよ」

ソファでゆっくりと珈琲を飲む母に答えながら冷蔵庫の中のミネラルウォーターを

手に取り、半分以上一気に飲み干す。

キッチンからリビングへ向かい、母と向き合うかたちでソファに腰を下ろした。

「父さんと母さんだって翼君といい関係を築けているじゃないか」

「ええ、そうね。正直、こんなにも早く祖父母だと受け入れてくれるとは思っていなかったから驚いているわ。おかげであの人の散財が止まらないのが困りものだけどね」

「そうだな」

苦笑いする母に思わずクスリと笑ってしまう。

「あ、そうだ、海斗。ちょっと聞きたいことがあるんだけど」

「なに？」

母は急に表情をガラリと変えて真剣な面持ちで口を開いた。

「汐里さんとなにかあったの？」

「どうして？」

汐里さんの名前が出て動揺するが、できるだけ顔に出さずに聞き返すと、母は廊下に続くドアが開いていないことを確認して続けた。

「さっきあなたたちがお風呂に入っている間に汐里さんから、海斗に自分たちの送り迎えをやめてくれるように言ってほしいとお願いされたのよ」

「え？　汐里さんが？」

今まで一度もそんな話をされたことがないため、寝耳に水で驚きを隠せなくなる。

「そうなの。これ以上仕事で忙しい海斗に迷惑をかけるわけにはいかないって言うの。そう海斗が言ったのって聞いても、そういうわけじゃないって言うし、なにか他に理由がある気がして。……海斗、まさか汐里さんに変なことをしていないでしょうね」

「するわけがないだろ」

「じゃあどうして急に汐里さんがあんなことを言い出したのよ。本当に仕事が忙しいの？」

すぐに否定しても、母は疑いの目を俺に向け続ける。

「それは俺が知りたいさ。仕事のほうはうまく調整して、家でできるものは持ち帰り、できるだけ早めに上がれるようにしているけど……たしかに最近の汐里さんは様子がおかしかった」

「やっぱりあなたがなにかしたんでしょ！」

確信を持って言う母に違うと言いたいところだが、やはりここ最近の汐里さんの様子から察するに、自分では気づかないうちになにか彼女の気に障ることをしてしまった可能性が高い。母にまで言うくらいだ。ますます信ぴょう性が増した。

「海斗を気遣ってのことならいいけど、それじゃあなたを福島に行かせた意味がないもの。汐里さんのお仕事も大変なんでしょう？　今日も休めなかったって言っていたものね」

「あぁ」

職場に理学療法士は汐里さんともうひとりしかおらず、そのひとりが体調を崩して休みとなったようで、急遽彼女が出勤しなくてはいけなくなったと聞いている。ふたりしかいない分、責任も増すだろう。

「とにかく海斗から汐里さんにちゃんと大丈夫だって伝えなさい」

「わかったよ」

さっき東京駅で後で話をしようと言っていたし、翼君は父とゲームに夢中の今のうちに話をしたほうがいいかもしれない。

そう思い、お風呂から上がった彼女をウッドデッキへと誘った。

ソファ席に向かい合って腰を下ろして気持ちいい夜風が吹く中、汐里さんは気まずそうにしている。

「さっき、母さんから聞いたんだが……」

こちらから切り出すと、すぐに汐里さんは反応した。

「できたら俺は福島にいる間は、翼君に向き合いたいし、関係を深めていきたいんだ。それに汐里さんの力にもなりたい。だから今後もふたりの送迎を続けたいと思っている」

俺の気持ちを伝えたら、汐里さんは真っ直ぐに俺を見つめて大きく瞳を揺らした。

「本当ですか？　無理していませんか？」

「もちろん。ふたりと一緒に過ごせる貴重な時間でもある」

「でも……」

なにか言いたそうに言葉を濁した彼女に疑問が浮かぶ。

「そもそもなぜ急にそう思ったんだ？　最初は受け入れてくれたじゃないか。……むしろ汐里さんこそ迷惑に思っているなら言ってほしい」

彼女の負担が少しでも減ればと思っていたが、かえって迷惑だったかもしれない。

その思いで聞いたものの、汐里さんはすぐに「迷惑だなんて……っ！」と声を上げた。

「むしろ感謝しています。仕事が終わって運転するとやはり疲れますし、すごく助かっています」

「それならなぜ？」

彼女の本音が聞きたくて答えを待つ。すると俺の様子を窺いながら話してくれた。

「その……この間、こちらに来る前に遊園地で海斗さんがお仕事されている姿を見て、すごく大変そうだなって思って……」

汐里さんの言うこの前とは、トラブルが起きた日のことだよな？

「それと海斗さんはサクラバ食品の副社長で、私とは住む世界が違う人なんだと改めて感じてしまって、そんな人に忙しい中、私たちのことを気にかけてもらい、送迎をさせていることが申し訳なくなったんです」

住む世界が違う？　彼女にそう思われたことにショックが大きい。

顔を伏せて気まずそうにする汐里さんに対し、俺は力強い声で伝えた。

「住む世界が違うなんて、そんな悲しいことを言わないでくれ」

「えっ？」

俺の言葉に顔を上げた彼女を真っ直ぐに見つめる。

「俺たちは家族だろ？」

「……それは翼だけです。私は違います」

「違わない。汐里さんも俺たちの大切な家族だ」

たしかに直接的には彼女と俺たちは血のつながりはない。しかし汐里さんは兄が愛した女性の妹であり、翼君の叔母である。

俺たちの関係は翼君の叔父と叔母という関係でしかないが、俺にとってはもうそれ以上の存在になっていると思う。

そうでなければ、彼女の様子が少し違うだけで気になり、住む世界が違うと言われて苦しく思うはずがない。

しかしこの感情を伝えたら汐里さんは迷惑なだけ。それでもどうにか俺にとって彼女は大切な存在だとわかってほしくて言葉を選びながら伝えていく。

「家族なのに、住む世界が違うなんておかしいだろ？　俺たちは対等な立場だ。だからこそこれからもなにか思うことがあったらすぐに話してほしい。……俺はふたりと過ごす時間がなにより楽しみなんだ。それを取り上げられたら正直つらい」

そうだ、いつからか俺はふたりに会うのが楽しみで、一緒に過ごす時間をなによりも心待ちにするようになった。

正直、仕事で疲れることもある。でも翼君と汐里さんの顔を見たら不思議と疲れは吹き飛び、明日も頑張ろうと思えるんだ。

「だからこれからもふたりの送迎も続けさせてくれないか？」

改めてお願いしたところ、汐里さんの目はみるみるうちに赤く染まっていく。そして大きな瞳からは大粒の涙が零れた。

「汐里さん？」

突然泣き出した彼女に戸惑う。

「すみません、違うんです。悲しいんじゃないんです」

必死に涙を拭い、彼女は自分を落ち着かせるように大きく深呼吸をした。

「わかりました。海斗さんの言葉を信じます。これからもよろしくお願いします」

「あ、あぁ」

わかってくれて一安心だが、どこか腑に落ちない。俺の言葉を信じるとはどういう意味だろうか。もしかして誰かになにか言われた？　いや、しかし俺と住む世界が違うなどと誰が言う？

だが、汐里さんはすっきりとした表情をしているし、ここで聞いたら彼女の不安を煽《あお》ることになるかもしれない。聞かないほうがいいよな？

そう判断してこれ以上は追及しなかった。

「そうだ、水族館のことだが翼君がとても楽しみにしているんだ。よかったら一緒に行ってほしい」

「はい、海斗さんのご迷惑でなければぜひ。翼がずっと大きなイルカさんに会いたいって言っていたので、ありがとうございます」

やっと彼女の笑顔を見ることができて、幸せな気持ちで心が満たされていく。

「俺も翼君の願いを叶えることができて嬉しいよ。会社の件も連れて行ってもいいか？　もちろん社員がいない休日に連れて行くつもりだから、迷惑ではないし翼君が俺の仕事に興味を持ってくれたことが嬉しいんだ。できれば会社を案内したいと思っている」

翼君の未来の選択肢のひとつに、サクラバの後継者になるという道もあるのだと教えてあげたい。

「ご迷惑にならなければぜひ連れて行ってあげてください」

「よかった、ありがとう」

「いいえ、こちらこそです」

そう言って笑う彼女はやはり愛らしい。……そっか、俺はずっと汐里さんの笑った顔が見たかったのかもしれない。

なぜか彼女の笑顔を見ると心が満たされ、安心する。そして大切、大事な存在だけでは説明のしようがない胸の苦しさを覚えるんだ。

「来週の土曜日、晴れるといいですね」

「そうだな」

打ち明けられない苦しみを抱えながら、星が綺麗に輝く夜空を見上げた。

日曜日に福島に戻り、以前の汐里さんになった。真っ直ぐに俺を見て話をしてくれるし、よく笑ってくれる。それは嬉しい反面、心が落ち着かなくて戸惑う。

そして迎えた土曜日の朝、少し早い時間に福島を出て真っ直ぐ千葉県にある水族館へ向かった。

夏休み中の土曜日とあって、開園前から駐車場はほぼ満車で多くの人で溢れていた。

「翼、手を離したらダメだからね」

「わかった！」

元気よく返事をした翼君だが、入場ゲートが見えてくると興奮して今にも駆け出しそうになる。

「翼君、おいで」

人混みの中、汐里さんの手を離したら大変だ。そう思って翼君を肩車した。

「うわぁ～！」

翼君は視界の高さに興奮して大きく身体を揺らす。

「そんなに動いたら危ないぞ」

「はい！」

大きな返事をして「人がいっぱいだよ」と言う。そんな翼君に汐里さんと笑ってしまった。

事前に入場券を購入しておいたおかげで、当日券を購入するための長蛇の列に並ぶことなく、開園するとスムーズに入場することができた。

翼君を下ろし、汐里さんとパンフレットを開いてシャチの展示スペースを確認する。

「翼、大きなイルカさんに会いに行こうか」

「ううん、大きなイルカさんは最後だよ」

「どうして？」

意外な言葉に汐里さんがすぐに聞き返すと、翼君は意気揚々と話し出した。

「最後に会わないと楽しみがなくなっちゃうでしょ？　だからね、最初はペンギンさんに会いに行こう！」

そう言って翼君は俺と汐里さんの手を引く。

「わかったからそんなに慌てると危ないぞ」

「そうだよ、翼。転んだら大変」

ふたりに諭され、翼君は「わかった」と言うものの、気持ちが逸《はや》るようで俺たちの手を強く引っ張る。それが可愛くて自然と頬が緩んでしまった。

まずはペンギンスペースに向かい、その後も翼君が見たいと言うスペースを順に巡っていった。

翼君はどの魚や動物にも大興奮で、あまりの声の大きさに汐里さんは「声小さくしようね」と注意しながら恥ずかしそうにしていた。

でも声が大きいだけで順番はしっかりと守り、迷惑になる行為をしないようにしている姿に感心する。

「翼君は偉いな、ちゃんとダメなことがわかっている」

「うん、僕は偉いから」

誇らしげに言う姿もどうしてこうも愛らしいのだろうか。これでは父のことを言えないな。

ある程度見て回ったところで、翼君がお腹が空いたと言い出した。そろそろ十一時になろうとしている。朝が早かったし、なにか食べようとなり売店へと向かう。

するとお土産店の前には、翼君の好きな大小様々なシャチのぬいぐるみが並んでいた。

「あぁー！　大きなイルカさん‼」

俺と汐里さんを見て翼君はぬいぐるみを指差した。どうやらくじを引くとその等数によって大きさが違うぬいぐるみがもらえるようだ。

「一回やってみるか？」

「やりたい！」

お金を出すと言う汐里さんを止めて支払いをし、緊張しながら翼君はくじを引いた。しかしうまく紙を破くことができず、翼君は俺に紙を渡した。

「海斗君、できないよ」

「どれ、貸してみて」

受け取り、膝を折って紙を破く。

「どうぞ」

「ありがとう！　じゃあ開けるね。しーちゃんも一緒に見て」

「わかったよ」

汐里さんも翼君の目線に合わせて膝を折る。翼君は俺たちに見守られ、ゆっくりと紙を開いた。するとそこには一等と書かれていた。

「海斗君、一って書いてある」

「あ、あぁ」

まさか一等が出るとは思わず、驚きを隠せない。

「嘘、本当に？」

「本当だよ、見てしーちゃん」

汐里さんも信じられないようで、翼君にくじ紙を見せてもらっている。

近くにいた店員も等数を確認すると、テーブルの上にあった鈴を大きく鳴らした。

「おめでとうございます、一等です！」

鈴の音に近くにいた人たちが一斉にこちらを見る。

「僕、すごいね。おめでとう」

店員から自分より大きなシャチのぬいぐるみを受け取った翼君は、「えぇっ⁉　もらっていいの⁉」とびっくりしている。

「もちろんよ。おめでとう。大切にしてあげてね」

「うん！　ありがとうお姉さん‼」

満面の笑みで答えた翼君だが、大きいぬいぐるみを抱えているせいで前が見えず、ふらふらしている。その愛らしい姿に周りからも「見て、可愛い」「一等当ててすごい喜んでいたよ」と声が聞こえてきた。

「まさか一等を当てるとは思いませんでした」

「俺も。……でも、兄さんもくじ運がすごくよかったんだ」

昔、夏になると必ずふたりで夏祭りに行っていた。そこで様々なものを食べて縁日のくじを引いていた。

どの店でくじを引いても、必ず兄のほうがいい景品を引き当てていたんだ。

だけど兄はいつも俺に申し訳なさそうにしていて、喜ぶ姿を見たことがないかもしれない。

優しい兄のことだ、俺の喜ぶ姿を見たかったのかもしれない。……今の俺のように。

もしここで翼君とくじを引いて俺が一等を当て、翼君が二等以下だったら素直に喜べない。きっと兄も同じ気持ちだったのかもしれないな。

「お姉ちゃんはくじ運はなかったんですよ。じゃあそこは聡さんに似たんですね」

「そうかもしれない」

くじ運がいい。たったそれだけのことなのに、兄の面影を感じさせられる。だからこんなにも愛おしくてたまらないのだろうか。……いや、違うな。翼君だからこんなにも可愛くて仕方がないんだ。

転ばないようにぬいぐるみごと翼君を抱き上げた。

「おめでとう、すごいな」

「えへへーやったね！」

嬉しそうにぬいぐるみを抱きしめる翼君に、俺も汐里さんも口元が緩む。

「よし、じゃあなにか食べて本物の大きなイルカさんに会いに行こう」

「うん！」

売店は混雑していたが、どうにか席を確保することができ、三人で軽食を食べて早めにシャチのショー会場へと向かった。

始まる三十分前にもかかわらず、すでに多くの人が席取りをしていて前方しか空いていなかった。

「どうしましょうか、前のほうって濡《ぬ》れますよね？」

「きっとそうだよな」

実は俺も汐里さんこの水族館に来るのは初めてで、シャチのショーを見たことがない。どれほど濡れるものなのだろうか。

席を決められずにいると、翼君が水槽で優雅に泳ぐシャチに目を輝かせた。

「すごい！　大きなイルカさん……！　海斗君、早く見に行こう!!」

翼君はもっと近くでシャチを見たいようで、俺の手を必死に引っ張る。

「よく見えるし、前のほうにしようか」

「そうですね。タオルも多めに持ってきたので、少し濡れても大丈夫ですし」

そう決め、翼君に引かれるがまま真ん中の一番前の席に座った。俺と汐里さんの間に座った翼君は、何度もシャチが目の前にやって来てそのたびに歓声を上げる。

「ここでよかったかもしれないな」

「そうですね」

ショーが始まる前に、係員がカッパやビニールバッグの販売を始めた。前方の観客のほとんどが購入し出した。もしかしたら想像以上に濡れるのかもしれない。

「俺たちも買おうか」

「はい、そのほうがよさそうですね」

三人分のカッパを買い、周りの人が荷物用にビニールバッグも買っているのを見て俺たちも購入した。

翼君はぬいぐるみ用のカッパも欲しいと言い、一生懸命着せていた。

そして始まったシャチのショー。ダイナミックなジャンプに観客は歓声を上げる。しかしそれ以上にすごかったのが水しぶきだった。真夏ということでシャチが小尾で観客席に向かって何度も水をかけてきた。

そのあまりの水量にカッパを購入してよかったと心から思った。だが、シャチの水かけの勢いは強く、靴は守りきれず靴下まで濡れてしまった。

「きゃはは！　大きなイルカさんすごーい!!」

水を浴びて大はしゃぎの翼君はいつの間にかフードが取れていて、頭から水を被ってしまった。

「あぁ、翼ってば……！」

すぐに翼君のフードを被せようとした汐里さんにも大量の水が飛んできて、フードが取れてしまった。

しかし急いでバッグからタオルを取って翼君の顔を拭くことに夢中の彼女は、そのことに気づいていない。

「ふふ、汐里さんも濡れていますよ」

またシャチの水しぶきが始まったら大変だと思い、フードを被せてあげようとした彼女に近づき、腕を伸ばした時に汐里さんは顔を上げた。

その瞬間、唇に触れた温かな感触に目を見開いた。一瞬のことだったが、確実に彼女の唇に触れた。その事実に目を見開く。それは汐里さんも同様で、驚き固まっている。

「え？　あっ……」

キスをしたとわかったのか、汐里さんの顔がみるみるうちに赤く染まっていった。

「すまない……っ！」

俺もじわじわと実感してすぐに謝るが、伝染するかのように頬が熱くなる。

「いいえ、私のほうこそすみません！」

まともに彼女の顔を見ることができず、思いっきり顔を逸らしたと同時に再びシャチの水かけタイムが始まった。

「わー！　すごーい！　アハハ！　みんなびしょ濡れだね!!」

顔を逸らしたタイミングで俺のフードも外れたようで、俺も汐里さんも翼君と同じく頭からまともに水を被ってしまった。

「以上でショーは終了となります。どうぞ引き続き当館をお楽しみください」

マイク越しに聞こえてきた声に、翼君は「楽しかったね」と満面の笑顔で言った。

しかし俺たちの様子がおかしいことに気づき、小首を傾げる。

「しーちゃんも海斗君もお顔が赤いよ？　どうしたの？」

「えっ？」

「えっ」

声をハモらせて汐里さんを見ると、目が合う。翼君の言う通り彼女の顔が赤い。俺もそうなのだろうか。

だとしたら非常に恥ずかしいものがある。

「大きなイルカさんにいっぱいお水をかけてもらったのに暑いの?」

「いや、その……そうなんだ。俺も汐里さんも暑くて」

「そ、そうなの」

ふたりして翼君を納得させたが、どうしても汐里さんの顔を見ることができない。

翼君の髪から水が滴っているのに気づき、彼女はタオルをバッグから出した。先に翼君の髪を拭きながら俺にも差し出してくれた。

「あ、タオル」

「よかったら使ってください」

「いや、俺より汐里さんが使ってくれ」

受け取って彼女の髪を拭いた瞬間、汐里さんは微動だにしなくなる。

風邪を引かないか心配しての咄嗟の行動だったが、さっきのキスのことがあったのに触れるのはまずかったかもしれない。

しかし拭いている手を引くことはできず、「風邪を引いたら大変だ」と理由を伝えて髪の水滴を取っていく。

「ありがとう、ございます」

「あぁ」

自分から拭き始めたくせに、緊張で少し手が震える。観客が席を立つ中、俺たちを見て翼君はタオルを手にし、背伸びして俺の髪に手を伸ばした。

「じゃあ海斗君は僕が拭いてあげるね！」

しかしギリギリ届くか届かないかという高さに、翼君は必死に手を伸ばす。その姿に緊張が解けた。

「ありがとう。翼君は優しいな」

首を曲げると、翼君は「拭くよー」と言って小さな手で俺の髪を拭いてくれた。

「偉いね、翼」

「うん、だって海斗君だけ可哀想《かわいそう》だもん！」

翼君のおかげで汐里さんにも笑顔が戻り、胸を撫で下ろした。

だけど、胸の高鳴りはいまだに収まりそうにない。

「これでよし！　ねぇ、僕もう少し大きいイルカさん見てもいい？」

「あぁ、もちろん」

すると翼君は席から離れて水槽の前に移動し、シャチが通るたびに目を輝かせる。

ふたりになり、再び気まずい空気が流れた。

不可抗力とはいえ、キスしたことに変わりない。謝るべきだろうか？　いや、でもさっきも謝ったか？

いつも仕事中は冷静な判断ができるというのに、なぜこんなにも心が乱されるのだろう。

チラッと横に座る彼女を見れば、はしゃぐ翼君を見て目を細めた。その横顔にまた胸が苦しくなった。

ダメだな、もう認めるしかない。

はじめはただ、年齢より幼く見えて愛らしいとも思ったが、翼君を育ててくれたことに感謝し、なにか力になりたいと思っただけ。翼君にとっての叔父、叔母としての関係であり、家族という認識でしかなかった。

それがいつの間にか彼女の笑顔に癒され、もっと一緒にいたいと思うようになった。

家族として彼女の力になりたいと思ったし、汐里さんと翼君と過ごす時間が俺にとってなによりも大切になっていった。

翼君と同じで俺にとって彼女は大事な存在。その認識だったはずなのに……。

これまでそれなりに恋愛経験を積んできたはずなのに、一瞬とはいえ、唇が触れただけで動揺してしまった。

横顔が綺麗だと感じてこんなにも心を乱され、胸を苦しくさせられるのは、汐里さんに心を奪われているからだ。

好きなんだ、汐里さんのことが。

認識したらしっくりときて彼女への想いが溢れ出す。

まいったな、翼君に汐里さんと結婚しないでと言われたというのに。好きになってしまった以上、翼君の願いは叶えられそうにない。

翼君を見て微笑む彼女に、自分でも驚くほど心をときめかせているのだから。

気づいたときには、好きになっていた

ずっと如月さんに言われた言葉が頭に残っていて、海斗さんに迷惑をかけられない、少しでも彼の負担を減らすべきだと思っていた。

それに翼のことはともかく、私まで彼のお世話になるのはおかしい。だからタイミングを見て送迎は大丈夫だと伝え、少しずつ距離を取るつもりだった。

でも海斗さんは『汐里さんも俺たちの大切な家族だ』『俺はふたりと過ごす時間がなにより楽しみなんだ。それを取り上げられたら正直つらい』と言ってくれた。

それを聞き、私は如月さんの言葉だけを信じていたことに気づいた。肝心な彼の本心も知らず、勝手に彼女の言葉だけを鵜呑《うの》みにしてはいけない気がして、なにより海斗さんの言葉が嬉しくて、信じることにしたんだ。

でもそれはあくまで家族として。決して邪な感情はないと思っていたのに……。

「……ちゃん。しーちゃん！」

翼の声に我に返る。

「あ、なに？　どうしたの？」

さっきまでテレビを見ていたはずなのにいつの間にかキッチンに入ってきた翼は、私のエプロンの裾を引っ張った。

「なにか臭いよ」

「え？　あっ！」

翼に言われて魚を焼いていたことに気づき、急いでグリルの火を消した。しかし後の祭り状態で鮭《さけ》は見事に焦げていた。

「やっちゃった」

「真っ黒だね」

無残な鮭の姿に、翼はがっかりしている。それもそのはず、鮭は翼の好物なのだから。

「ごめんね、朝ごはんは納豆でもいいかな？」

時間を見るとそろそろ朝ごはんを食べ始めないと間に合わない。

「うん、僕、納豆も大好き！　冷蔵庫から取ってあげる」

「ありがとう、翼」

もう、なにをやっているんだろう。海斗さんと翼の三人で水族館に行ってからというもの、ずっとこの調子でいる。

事故とはいえ、海斗さんとキスしてしまってからというもの、彼と目が合うだけで心臓が飛び跳ねる。

こうして会っていない時間でさえ、ふとした瞬間に海斗さんのことを考えてしまう。

海斗さんには特別な感情を抱いていない。いや、抱いたらいけないと思っていた。

翼だって私と海斗さんの関係を友達に言われて、あれほど嫌がっていたというのに。

海斗さんは私のことを家族と言ってくれたけれど、きっと言葉通りそれ以上の感情はないんだと思う。

家族だから親切にしてくれて、色々と気遣ってくれているだけ。決して自惚《うぬぼ》れてはいけない。

そう頭では理解していたのに、唇が触れて私と同じように頬を赤く染める彼を見て、少しは特別な感情を抱いてくれているのではないかと期待してしまう自分が憎い。

まだはっきりと認識していない気持ちは、早くに封印するべきだ。それなのに、こうして海斗さんのことを考えて失敗する始末。

「納豆美味しいね」

「そうだね」

納豆とみそ汁という簡素な朝食だというのに、美味しいと言って食べてくれる翼に申し訳なくなる。

私は叔母として、翼が大人になるまで育てようと決めたはず。恋愛にうつつを抜かしている場合ではない。

それも聡さんの弟である海斗さん相手だなんて……。

泰三さんと君江さんだって私によくしてくれているのに、海斗さんに邪な感情を抱いていると知られたら、迷惑をかけることになるかもしれない。

だって彼はサクラバ食品会社の御曹司だ。近い将来、見合う相手と結ばれるだろう。

如月さんの言っていた通り、私では不釣り合いすぎる。それは水族館に行った次の日に思い知らされた。

「うわぁ～！　海斗君の会社、おっきいね！」

「それはぜひじいじに言ってやってくれ。ここまで会社を大きくしたのはじいじなんだ」

「そうなの？　じゃあ帰ったらじいじを褒めてあげないとだね」

翼のサッカー教室の前に彼の会社を訪問させてもらうことになった。

海斗さんに「汐里さんもぜひ」と言われ、こうして一緒に見学をさせてもらうことになった。

休日の社内は人の気配はなく、シンとしていて翼の興奮した声が異様に響く。

「しーちゃん、見て！　お部屋がいっぱいあるよ!?」

驚く翼に私も海斗さんも笑ってしまう。でも翼じゃないけれど、本当に大きな会社だ。ここの本社以外にも日本各地に支社や工場があるという。

「じゃあ最後に俺の部屋に案内しよう」

通された副社長室は最上階ということもあって、窓から見える景色が綺麗だった。

十二畳ほどの広さがあるだろうか。海斗さんのデスクが窓側にあり、部屋の中央にはソファとテーブルが置かれてある。本棚には多くのビジネス雑誌や専門書が並べられていて、彼の仕事場に興味が湧く。

でも廊下から入ってすぐに副社長室ではなく、手前に秘書の如月さんの部屋があった。その奥がこの副社長室になっている。

秘書だもの、彼の近くで仕事をするのは当然のことなのに、如月さんは毎日彼とともに仕事をしているのかと思うと、複雑な気持ちに覆われてしまう。

「翼君、椅子に座ってみるか？」

「えっ！　いいの⁉」

「もちろん」

するとと海斗さんは翼を抱き上げ、椅子に座らせた。

「わー、僕、偉くなったね」

「そうだな」

笑いをこらえながら海斗さんは、翼に普段はどんな仕事をしているのかを説明してくれた。

「ここではみんなが一生懸命考えた仕事の確認をしているんだ」

「確認？」

「あぁ。間違っていないか確かめると言ったほうがわかりやすいかな？　他にもどうしたら商品……翼君もよく食べているものを買ってもらえるか、みんなで話し合ってもいる。それと実際に作っている工場に行って、問題がないか確認することもあるな」

「そうなんだぁ。海斗君のお仕事はすっごく大変なんだね」

翼も理解したようで、海斗さんのことを心配そうに見つめた。

でも本当に海斗さんの仕事は思った以上に大変そうだ。

「翼君から見て、仕事をしている俺はつらそうに見えるか？」
海斗さんの問いかけに、翼は首を傾げる。
「うーん……海斗君、いつも大変そうじゃない、かな？　だって僕と一緒にいる時に
海斗君はいつも優しくて元気いっぱいだし！」
そう答えた翼に対し、海斗さんは優しい笑みを零した。
「あぁ、その通りだ。……まだ翼君には難しい話かもしれないが、俺の仕事はこの会
社で働く多くの人の生活を守ることなんだ。それは大変なことだが、その一方でやり
がいもあるし、なにより仕事が楽しい」
そう話す海斗さんは凛々しくて眩しい。自分の仕事に誇りを持っていることが伝
わってきて、胸が苦しくもなる。
それと同時に、海斗さんが抱えているものは大きく、改めて住む世界が違うと認識
させられる。
それなのに、新たな彼の一面を見て知り、海斗さんに対する気持ちは大きく膨らん
でしまった。
このまま一緒に過ごす時間を重ねていったら、もっと気持ちが大きくなってしまい
そうで怖くなるほど。

でも海斗さんが福島で過ごすのも、あと少し。今の仕事が落ち着いたら東京に戻ると言っていたし、会う頻度も減る。そうすれば気持ちを少しずつ減らすことができるだろうか。いや、この想いは消すべきだ。

「しーちゃん、今日のハンカチはじいじにもらったのを持っていくからね」

「わかったよ」

翼の誕生日当日には、泰三さんたちが盛大なパーティーを開いてくれた。そこで泰三さんと君江さんは大量のプレゼントをくれた。

翼の好きな戦隊もののハンカチもそのひとつだ。なんでも君江さんいわく、泰三さんは翼が持ち歩くものをプレゼントしたいらしく、まるで恋人に贈るみたいねと笑っていた。

この話を聞いて海斗さんも「どこまで孫バカなんだ」と呆れていたけれど、その表情からは泰三さんを想う優しさが溢れて胸をときめかせた。

「やだ、私ってばまた……」

気づけばこうやってすぐ海斗さんのことを考えている。ダメだ、これから仕事なのだから。いや、その前に海斗さんと顔を合わせるんだ、しっかりしないと。

「しーちゃん、どうしたの？　最近変だよ」

独り言を呟く私を心配そうに見る翼に慌てて伝えた。

「ごめんね、心配かけて。ちょっと疲れているだけだから大丈夫」

翼を不安にさせてどうするの。せっかく翼と海斗さんの関係もいいのだから、私の気持ちのせいで変な空気にしたくない。

改めて彼に対する感情は消そうと決めて出かける準備を進めた。


「しーちゃん、海斗君いってきまーす！」

保育園の先生に預け、私たちに手を振り続ける翼に見送られて海斗さんと駐車場へと向かう僅かな道中、横を歩くだけでドキドキしてしまう。

「そうだ、今夜は三人で外食しないか？」

「外食ですか？」

ドキドキしていることに気づかれないように平静を装って聞き返すと、海斗さんは頷いた。

「さっき翼君に汐里さんが疲れているから心配だと聞いた」

「……すみません、気を遣わせてしまって」

申し訳なくて謝った私に海斗さんは「謝らないでくれ」と言う。

「たしかに最近は残業続きのようだし、本当に大丈夫か？　無理していない？」

こうして不意に優しい言葉をかけられると、嫌でも胸がときめいてしまう。

「大丈夫です！」

慌てて答えた声は思った以上に大きくて、海斗さんは目を丸くさせた後、顔をクシャッとさせて笑った。

「たしかに元気そうだ。でも無理は禁物だぞ。汐里さんが倒れたら翼君も俺も心配だから」

「……はい」

サラッと自分も心配だと言うなんてずるい。こういう些細な一言に一々心が乱される。

「今日は仕事終わりそうか？」

「はい」

「じゃあゆっくり三人で食事に行こう。どこか予約しておく」

駐車場に着くと、スマートにドアを開けてくれる。こんなことをされて、好きにならない人なんているだろうか。

「ありがとうございます」

いつものように彼の運転する車で病院まで送ってもらう道中で、胸の高鳴りを必死に抑えた。


午前中の診療が始まり、今日も朝から多くの患者が来院していた。順番に呼んで対応していく中、受付に呼ばれた。

「すみません、大津さん外します」

「了解」

治療室を出て廊下に出ると、受付の職員が駆け寄ってきた。

「天瀬さん、如月里子さんのご家族の方が一緒にいらっしゃっていて、担当の先生にご挨拶とご本人のことを聞きたいと言っているんです。先生に言ったところ、実際にリハビリを担当している天瀬さんに対応してもらったほうがいいと言われまして」

如月里子さんはパーキンソン病を患っている患者だ。リハビリは順調で、週に三回顔を合わせているうちに互いを〝里子さん〟〝汐里ちゃん〟と呼び合うようになった。

たしかに里子さんの今の状態や治療方針などご家族に説明するのは、医師より私が適任なのかもしれない。

なにより医師の診察を待つ患者で待合室は溢れている。私が対応するべきだ。

「わかりました、ご家族はどちらに？」

「相談室にお通ししています」

一度治療室に戻って大津さんに事情を説明し、里子さんのカルテを持って相談室へと向かう。

ドアを数回ノックすると、「はい」と返事が聞こえてきた。

「失礼します」

そっとドアを開けると、里子さんと並んで座っていたスーツ姿の女性は立ち上がって深く頭を下げた。

「お忙しい中、突然すみません。母がお世話になっておりますので、一度直接ご挨拶をと思いまして伺わせていただきました」

「いいえ、こちらこそお世話になっております」

顔を上げた女性と目が合う。

「え……あなたは」

お互い言葉を失うのも当然だ。なにせ里子さんの娘さんは海斗さんの秘書である、如月さんだったのだから。

びっくりして立ち尽くす中、如月さんは再び頭を下げた。

「母がお世話になっております」

「あ……こちらこそすみません」

急いでふたりのもとへ向かい、私は名刺を彼女に渡した。

「如月里子様のリハビリを担当させていただいています、理学療法士の天瀬汐里です」

自己紹介すると、里子さんが口を開いた。

「汐里ちゃんには本当にお世話になっているの。私の声が掠れなくなったのも、汐里ちゃんのリハビリのおかげなのよ」

嬉しそうに話す里子さんに対し、如月さんは「もう何度も聞いたから」と冷たく言い放った。里子さんの「そうね」と呟く姿に、なんとも言えぬ気持ちになる。

親子の関係は様々だ。患者の中にはご家族とうまくいっていない人も多く、リハビリ中に愚痴を零したり相談したりしてくる人もいる。

その多くは高齢者で独居の人が多い。今まで娘さんの話をしてきたことはないけれど、里子さんも例外ではないのかもしれない。

とはいえ、他人の私が口出しできることじゃない。

「仕事が多忙のため、数ヵ月に一度しか様子を見に来られず、ご挨拶が遅くなってしまい申し訳ございません」

「いい、そんな。あの、どうぞお座りください」

立ちっぱなしは里子さんがつらいと思って声をかけると、如月さんは里子さんを気遣いながら椅子に座らせた。

この様子ならそこまで関係は悪化していないのかもしれない。

如月さんは里子さんの現状や今後もリハビリを継続していけば、今の暮らしを続けられるのかなど様々なことを質問してきた。

ひとつひとつに丁寧に答えていくと、如月さんは安心したようで少しだけ表情が緩む。

「今後も引き続き母をよろしくお願いします。もしなにかありましたら私に連絡ください」

「はい、わかりました」

すると如月さんは立ち上がり、里子さんに「仕事があるからここで。また来週来るから」と伝える。

「わかったわ。でも無理して来なくてもいいからね」

「大丈夫、今は仕事でこっちに滞在しているから」

そっか、海斗さんが福島にいる間は如月さんもいるんだ。

「それでは私はここで」

「あ、はい。ありがとうございました」

如月さんはジッと私を見つめ、なにか言いたそうに口を動かしたが「失礼します」と一礼して去っていった。

ドアが閉まると同時に自然と深い息が漏れる。

「ごめんなさいね、汐里ちゃん。娘が急に来ちゃって」

「いいえ、そんな！　お忙しい中、来てくださってよかったですね」

私の話を聞き、里子さんは複雑そうな顔になる。

「本当にあの子には昔から迷惑をかけてばかりで、申し訳なくてね」

「そんな……。娘さんは迷惑になんて思っていないと思いますよ、思っていたらわざわざ病院にまで挨拶に来てくれませんよ」

そう言っても里子さんの表情は晴れず、胸の内を明かしてくれた。

「あの子をひとりで育てたのだけど、本当に苦労をかけたの。それなのに今もこんな身体になっちゃって、ずっとダメな母親なのよ」

本当にそうだろうか。私の両親は離婚し、母は私たちを残して恋人と家を出ていった。そんな母に比べたら里子さんはとても立派だと思う。

「娘さんはきっと、里子さんが苦労して自分を育ててくれたことに感謝していると思います。だから忙しい合間を縫って里子さんの様子を見に来ているんですよ」

私が如月さんの立場だったら、どんなに仕事が忙しくても会いに行くもの。

「ありがとう。……そうだと信じて、これ以上迷惑をかけないように今日もリハビリを頑張ろうかしら」

「はい、そうしましょう」

子どもなら誰だって母には元気に長生きしてほしいと願うはず。だから如月さんもあんなに里子さんについて多くの質問をしてきたのだと思う。

この日の里子さんは、いつも以上にリハビリに力を入れて取り組んでいた。


仕事を定時で終え、帰る準備をしながらスマホを確認すると海斗さんからメッセージが届いていた。

夕食を食べに行く約束をしていたから、そのお店に関してかな?

荷物を手に持ってメッセージ文を呼んだ瞬間、目を疑う。

「ちょっと待って、嘘でしょ」

海斗さんからのメッセージ文には仕事で急なトラブルが発生し、迎えに行けないから代わりに秘書を行かせる。秘書に食事場所を伝えたから、先に翼と行って待っててくれというものだった。

秘書って間違いなく如月さんだよね？　今日会ったばかりなのにまた会うことになるなんて……。

それも送ってくれるということは、翼の保育園までは車内にふたりっきりってこと？

想像しただけで息が詰まりそうになるが、行かせたってことはもう待っている可能性もある。

残っている人たちに挨拶をして急いで外に出た。

すると海斗さんの車の横に如月さんが立って待っていた。

「お疲れ様でございました。副社長からご連絡がいっていると思われますが、本日副社長に急な仕事が入ってしまい、代わりに私がお迎えに上がりました」

「はい、先ほどメッセージを見ました。すみません」

「いいえ、これも仕事ですので」

一線を引くような発言に、初対面のときより苦手意識が拭えそうにない。

「甥っ子様のお迎えに上がるのですよね？　ご乗車ください」

「ありがとうございます」

後部座席のドアを開けてくれて、申し訳ない気持ちでいっぱいになる。

如月さんの運転で走り出した車内は、当然シンと静まり返る。せめて音楽が流れていればよかったのに、無音でエンジン音だけが耳に入る。

窓の外の景色を眺めながら早く翼の保育園に着かないかと願う中、ゆっくりと如月さんは口を開いた。

「私はあなたのことを少し誤解していたようです」

「えっ？」

どういう意味だろうか。

如月さんの言いたいことがわからず、なんて答えたらいいのか頭を悩ませていると、彼女は話を続けた。

「これまでの女性のように、副社長の地位目当てで近づいてきた女性だと思っていました」

やっぱり如月さんにそう思われていたんだ。以前、牽制するように言われてそうではないかと思っていたけれど、実際に聞くとショックを隠しきれなくなる。

「あぁ見えて、母は人を見る目があるんです。まぁ……男を見る目はございませんでしたが」

そういえば里子さんはたしか、如月さんが幼い頃に離婚したと聞いている。

ボソッと付け足して言われた一言に、なんて返すべき？　なにが正解かわからず言葉が出ない。

そんな私の心情を察してか、彼女は咳払《せきばら》いをして「失礼しました」と言った。

「母の周りは自然と人が集まり、なにかと助けられて私たち親子は生きてきました。決して裕福な暮らしではありませんでしたが、大学まで出してくれた母には感謝しているのです」

里子さんは迷惑をかけてばかりだと言っていたけれど、やはり如月さんはまったくそう思っていなかったんだ。

「母は地元が好きで、できる限り住み慣れた場所で暮らし続けたいと言っておりました。しかし、病気になってひとりで暮らすのに不安が生じたようで、このままでは施設に入るのも覚悟していたんです。……ですが、リハビリを始めてからというもの、母は変わりました」

ちょうど信号は赤に変わり、車を停車させた如月さんはチラッと私を見た。

「母はとてもあなたに感謝しておりました。日に日にできることが増えてきて、元気になっていくと嬉しそうに電話で言うんです。病院に行くのが楽しみであなたに会える日を心待ちにしているとも言っていました」

「里子さんが？」

「はい」

随分と打ち解けることができたと思っていたけれど、私と会えるのを楽しみに思ってくれていたなんて……。

嬉しくて目頭が熱くなる。

「真摯に仕事に取り組む素敵な女性だと常日頃言うので、どんな方だろうかと思っておりましたが……」

青信号に変わり、如月さんはそこで言いかけ再び車を発進させた。

「まさかあなただとは夢にも思いませんでした」

そう言って如月さんはクスリと笑った。いつも厳しい表情をしていて、里子さんの前でもそうだったから、初めて彼女の笑った顔をバックミラー越しに見て目を見開く。

「それを副社長にお伝えしたところ、いつも厳しい表情の彼が柔らかい笑みを漏らされたんです。……あんな副社長は初めて見ました」

私の話を聞いて、柔らかい笑みを漏らしたの？　もしそれが本当なら……と思うと心臓の動きが速くなる。

「ですので、少し私の考えを変えさせられました。……もしかしたらあなたは、これまでの女性とは違い、副社長にとって特別な女性なのかもしれないと」

できるなら如月さんの話を信じたい。でもそれは違うとわかっているからすぐに否定をした。

「いいえ、違います。……私は海斗さんにとって家族だと言われました。家族だと思ってくれているからこその言動だと思います」

「家族、ですか」

「はい」

はっきりと本人の口から言われたのだから。しかし如月さんは腑に落ちないといった顔をしていた。

「まぁ、そういうことにしておきましょう」

「え？　いいえ、本当ですからね？」

「わかりました」と言ったものの、如月さんはすぐに「では家族であるあなたにしかできないことをお願いしてもよろしいでしょうか？」と含みのある言いかたをする。

「……なんでしょうか？」

構えて聞いたところで保育園に到着し、如月さんは車を駐車場に停めた。

「実は本日の仕事のトラブルで、副社長は心身ともに大変お疲れだと思います。今夜、これからお三方でお食事に行かれるとのことですので、その席で副社長のお話を聞いて差し上げてください」

「私がですか？　でも、私は海斗さんの仕事のことはまったくわかりません。聞いてもいいのか……」

かえって迷惑になるのではと不安になる私に、如月さんは「聞いて差し上げてください」と力強く言った。

「これはご内密にお願いしたいのですが、副社長はお疲れの時は決まってスマホの画面を眺めていらっしゃいます。……この前、なにを見ているか気になってお聞きしたことがあるんです。そうしたら見せてくださいまして」

そう言って如月さんは真っ直ぐに私を見つめ、頬を緩めた。

「甥っ子様とあなたのふたりのお写真でした」

「……嘘」

信じられなくて漏れた言葉に、如月さんは「嘘ではございませんよ」とすぐに言った。

「おふたりの写真を見れば、士気が上がるとおっしゃっていました。……副社長にとっておふたりは特別な存在だと思います」

特別の意味は家族だからかもしれない。でも家族としてでもいいのではないだろうか。だって疲れた時に私と翼の写真を見ているだなんて、こんな嬉しいことある？

好きな人にとって特別な存在なのに変わりはないのだから。……そうだよ、私……海斗さんのことが好きなんだ。

あれほど自覚したくない、気持ちは消すべきだと思っていたのに、一度認めたら海斗さんが好きって気持ちで心が埋め尽くされていく。

それはずっと好きって気持ちは溢れそうになっていて、さっきの如月さんの話で心の容量に収まらなくなってしまったのかもしれない。

海斗さんが好き。何度も心で唱えたら一気にたしかな気持ちとなる。

「ですから副社長はあなたに声をかけられたら、大変喜ばれると思います。……私に言われてもと思うかもしれませんが、あなたはもっと自分に自信を持ってもよろしいかと思いますよ」

「如月さん……」

まさか如月さんにそんなことを言ってもらえるとは思わず、驚きを隠せない。すると彼女は「それと誤解されたくないので言っておきますが……」と前置きして、さらに驚くことを言った。

「私が副社長に尽くすのは、あくまでも仕事だからです。よく恋人だと勘違いされたり、副社長を狙っていると言われたりしますが、私には結婚を約束した恋人がいますから、それは絶対にあり得ないことですので」

「……えっ？」

目を見開いた私を見て、如月さんは眉根を寄せた。

「そのご様子ですと、やはりあなたも多くの女性同様に私のことを副社長を狙う女だと思われていたのですね」

「い、いいえ！　その……はい」

正直、そうではないかと思っていた。だからあれほど強い言葉で不釣り合いだと言われたとばかり。

「私は職務を全うしているだけです」

素直に認めると、如月さんは冷たく言い放った。

「ですから今後は変な誤解はなさらないようお願いいたします」

「はい。……私も如月さんのことを誤解していました。本当にすみませんでした」

芯がしっかりとしていて、母親思いの人だと気づくことができてよかった。

「ではお互い様ということで、こちらの件は水に流しましょう」

こんな時でもブレない如月さんに、思わず笑ってしまった。

「ふふ、はい、わかりました」

「……なにが可笑しいのですか？」

私に笑われて如月さんは不服そう。

「可笑しくて笑ったんじゃありませんよ」

「他にどんな理由があるというのですか」

「それは……」

なんて言えばいいんだろう。如月さんがどこまでも如月さんなことに笑いましたなんて言ったら怒らない？

「答えられないのなら、あなたは私が可笑しくて笑ったということですね」

「えっ！　いや、違いますよ？」

慌てて弁解しようとしたが、如月さんは運転席から降りてドアを開けてくれた。

「甥っ子様をお迎えに行ってきてください」

「……はい」

弁解の余地を与えられず、私は車から降りた。そして玄関へと歩を進めていると、背後から「からかってしまい、申し訳ございませんでした」の声が聞こえてきた。

足を止めて振り返れば、如月さんは口に手を当てて笑いをこらえていた。

「副社長より、からかうとあなたからいつも面白い反応が返ってくるとお聞きしたもので、少々確かめさせていただきました」

「なんですか、それ！」

思わず突っ込んでしまうと、如月さんは声を上げて笑うものだから、私もつられて笑ってしまった。

だけど海斗さんってば、如月さんにそんなことを言っていたの？　ちょっぴり怒りが募るものの、すぐに嬉しい気持ちでいっぱいになる。

車に乗る時に如月さんと会った翼は彼女をかなり警戒していたけれど、私が打ち解けているのを見て、少し構えている感じながら車に乗ってくれた。

「甥っ子様はとても慎重なお方ですね。なにかと物騒な世の中ですので、他人にはそう簡単に心を開かぬようお伝えしたほうがよろしいと思います」

「そうですね」

福島で生活していると、平和すぎて危機感があまりなかったけれど、東京は違う。

ひとりで出歩くことはないけど、この先はわからない。

大きくなったらひとりで行動することも増えてくるし、今からしっかりと教えておかないといけないね。

「副社長の亡きお兄様も幼い頃に誘拐されそうになり、それからSPを付けて護身術を習われたとお聞きしました。もちろん副社長も武術に長《た》けていらっしゃいます」

「そうだったんですね」

初めて聞く話に驚いたが、でもサクラバ食品会社は世界的にも有名な大企業だ。そこの御曹司となれば、なにかと狙われてしまうのかもしれない。

じゃあ翼にもその危険が及ぶ心配があるってことだよね？　ますます後で翼によく言い聞かせないと。

如月さんの運転で着いた先は、市内では有名な和食料理店。高級店としても名が知れていて、ハードルが高い店だ。

「副社長のお名前でご予約されているとのことです」

「わかりました。送ってくださり、ありがとうございました」

翼とともに車から降りて、改めて如月さんにお礼を言った。

「いいえ、これも仕事ですので。しかし、本当に店内までご案内しなくてもよろしいのですか？」

「はい、お店は目と鼻の先ですから。本当にありがとうございました」

再び感謝の言葉を告げると、ずっと私の後ろに隠れていた翼が前に出た。

「ありがとうね」

翼はボソッとお礼を言って再び私の後ろに隠れる。

「もう、翼ってば。せっかくお礼を言えて偉いのに」

「だって……恥ずかしい」

私の足にしがみつきながら言う翼に、如月さんを見ると両手で口を押さえていた。

「なんて愛らしいのでしょう。副社長が甥っ子様から元気をもらえると言っていた意味がやっとわかりました。私もとんでもない萌《も》えをいただきました」

「も、萌えですか？」

「はい」

如月さんは表情を引き締めて、私の後ろに隠れる翼と目線を合わせる。

「またぜひお会いしましょう」

「……あい」

緊張で〝はい〟と言えなかった翼に如月さんはふわりと笑った。その笑顔を見て、翼の警戒心も解けたのか、最後は手を振って見送ることができた。

「あのお姉ちゃん、笑った顔が可愛かったね」

「そうだね」

如月さんとは仲良くなれる気がするよ。今度、また会う機会があったら連絡先を交換しませんかって言ってみようかな。

「しーちゃん、お腹空いた」

「先にお店に入って食べていいって言っていたから、行こうか」

「うん。僕、お腹がペコペコだよ」

手を繋いで店の玄関へと向かっていると、駐車場に勢いよく一台の車が入ってきた。

「翼、こっちおいで」

乱暴な運転に危機感を覚え、翼を抱き上げた。

駐車場内に明かりはひとつしかなく、私たちの姿が見えないのかもしれない。こっちに突っ込んできたら大変だ。

できるだけ端に寄って車が駐車場に停まるのを待っていたが、なぜかその車は私たちのほうに向かってきた。

「しーちゃん、怖い」

翼も怖いようでギュッと私に抱きついた。

「大丈夫」

安心させるように言ってさらに端に身を寄せた時、車は勢いよく私たちの前で停まる。そして大柄の男がふたり後部座席から降りてきて、私と翼をジッと見下ろす。

明らかに様子がおかしい。危機感が高まり、翼を強く抱きしめた。

「おい、間違っていないよな？」

「あぁ、急ぐぞ」

ふたりでコソッと話すと、男たちが一気に距離を縮めてきそうだったから、それより先にふたりをかわして店へと向かって駆け出した。

「翼、しっかり掴まってて」

「うん！」

なぜ私と翼を狙っているのかわからないけれど、今はとにかく逃げるしかない。お店の中に入ってしまえば男たちも諦めるはず。

しかし翼を抱えた状態では早く走れるはずもなく、すぐに後ろから男に肩を掴まれてしまった。

「待て！　おとなしくしろ‼」

「いやっ……！　誰か助けっ……！」

次の瞬間、手で口を塞がれてしまった。

「しーちゃんっ！」

翼は恐怖で大きな声で泣き出した。

「ちっ！　気づかれたら面倒だ。早くふたりを乗せるぞ」

そう言った男は私から翼を無理やり引き離した。

「んんー！」

「しーちゃっ」

翼も口を塞がれ、車へ抱えられていく。

とにかく翼を助けたい一心で思いっきり身体を揺らす。

「暴れるな！　おとなしくしろっ！」

男に押さえつけられるが、それでも私は必死に逃れようと身体を動かす。

「いい加減にしろ！」

暴れる私に苛立った声で怒鳴ると、頬に鈍い痛みがはしる。

思いっきり殴られ、私の身体は地面に打ちつけられた。

全身が痛いし、頭が朦朧《もうろう》とする。でも翼はもう車に乗せられてしまった。

立ち上がって追いかけたいのに、身体がいうことを聞いてくれない。

「おい、なにしてんだよ」

翼を車に乗せた男が窓を開けて早くしろと叫ぶ。

「しょうがねぇだろ、この女が暴れたんだから」

私を殴った男は強引に私の腕を引っ張った。腕に痛みがはしり、顔を歪《ゆが》めてしまう。

「速く歩け」

腕を掴まれたまま引きずられていく。しかし騒がしさに気づいてくれたようで、店から従業員が出てきた。

「きゃー！　誰か警察を呼んで！」

私を見て女性は悲鳴を上げて店内に向かって叫ぶ。

「女はもういい！　早く乗れ」

「あぁ！」

思いっきり腕を振り払われ、私は壊れた人形のように再び地面に身体を打ちつけた。

「つば……さ」

エンジンを轟《とどろ》かせて急発進していく車。必死に手を伸ばして追いかけようにも身体が動かない。

どうしよう、翼が連れて行かれちゃった。

「大丈夫ですか？　どうしよう、頭を打っているかもしれないから動かさないほうがいいよね？」

「あぁ、さっき救急車も呼んだからすぐ来るはずだ。おい、しっかりしろ！　大丈夫か⁉」

私なら大丈夫だから、早く翼を追いかけてほしい。どんどん遠くに行ってしまう。

そのことを伝えたいのに、口が動かない。

遠くからサイレンの音が聞こえてきた頃、私はゆっくりと意識を手放していった。

なにがあっても守ってみせる　海斗SIDE

「副社長、今晩お食事に行くのが楽しみなのは理解しましたから、早く昼食を召し上がってください」

俺を見下ろす如月は、棘のある声で言った。

「もうご予約は済まされたのですよね？」

「あぁ、悪い」

翼君に「しーちゃんに美味しいものをたくさん食べてもらって、お仕事頑張ってほしいの」とお願いされ、汐里さんと翼君と夕食を食べることになり、昼休みに俺はさっそく近くの個室でゆっくり食事が楽しめる店を予約した。

今夜だけではなく、俺が福島にいる間にもっと色々な店に三人で食事に行きたいと思い、検索をしていたらいつの間にか弁当を食べる箸を持つ手は止まっていたようだ。

「午後には、今回のプロジェクトの開発担当者と仕入れ先の打ち合わせがあります。ですので、打ち合わせ前に一度資料に目を通していただきたいので早く食べてください」

「わかった」

如月はとても有能な秘書であるがゆえに、俺に対しても歯《は》に衣着《きぬき》せぬ口ぶりだ。

そこが彼女のいいところではあるのだが、容赦がないから他人に勘違いされることも多い。

しかし本当の如月を知った者は皆、口を揃えて誤解していたと言う。

そんな彼女が午前中は私用のため、有休を消化して出勤した際に開口一番に言った言葉には驚いた。

いきなり「副社長は女性を見る目がおありですね」と言い、そこで汐里さんの話を聞いた。ここ最近の汐里さんの様子がおかしかったのは、如月に釘をさされたことによるものだったようだ。

如月からいつものように邪な気持ちで俺に近づく女性だと思って牽制したため、汐里さんが気にしていないか心配し、俺に謝罪をしてきた。

そしてどうやら俺の気持ちは如月にバレバレだったようで、「彼女とお話しした率直な感想といたしまして、副社長の恋は前途多難のようなので頑張ってください」と労《いた》わられた時には苦笑いしてしまった。

「副社長、こちらが資料です」

「ありがとう」

福島に滞在中は、県内にある支社を拠点にしている。一室を貸してもらい、そこで本社から送られてきた雑務をこなし、その他の時間はほとんど外出している。

如月から資料を受け取り、本社から社員が打ち合わせにくる前に大まかな内容を頭に叩き込む。

「では私は打ち合わせ場所の準備をしてまいります」

「あぁ、頼む」

一礼して室内から出ていった如月だが、僅か数分後に戻ってきた。

「失礼します。副社長、本社から開発部の方がいらっしゃったのですが、緊急事態が発生したとのことです」

「緊急事態？」

資料を見る手を止めて顔を上げれば、珍しく如月も動揺していた。

「はい、ただいま対応に当たっているので、代わりに私がお伝えに参りました」

「なにがあったんだ？」

如月の話によると、食材の仕入れ先から急遽、商品を卸すことができなくなったと申し入れがあったそう。

理由を聞いても頑なに口を閉ざし、とにかくできないの一点張りだという。

「おかしな話だな、最終的な契約書は交わしていないが、向こうも乗り気だったのに」

「はい、私もそう思います。……私のほうで専務派の動きを調べてみます」

「そうだな、頼む」

専務派は同族経営を嫌う者たちの派閥であり、他社での経験も豊富で、取り引き先と太いパイプもある専務こそ会社のリーダーに相応《ふさわ》しいと訴えている。

たしかに専務の手腕は俺も入社当時から資料で拝見し、学ぶべきことがたくさんあると思ったし、ずっと会社に尽くしてくれた彼に感謝もしている。

六十歳となり、専務の立場から会社を支えてくれる彼に父も一目置いているし、できるなら彼に俺を支えてほしいとも願っていると言っていた。

だから専務派などという派閥の存在を知りながらも、父は黙認しているところもある。

俺が副社長職に就いてからというもの、これまでも俺が絡んだプロジェクトに対し、今回のような妨害を受けてきた。そのやり方は姑息《こそく》で、相手の弱みに付け込むことがほとんど。

今回もまた仕入先の弱みを握って脅しをかけた可能性がある。それが事実なら許すまじ事案だ。

過去にも同じようなことがあったが、証拠がなくて表立って制裁を加えることができなかった。被害者も弱みを広められることを恐れ、口を割ろうとしなかったためでもある。

さすがの父も会社へ影響を及ぼすのなら、制裁を加えなければいけないと思っているようだが、予想通り今回も専務派が絡んでいたとしても、証拠がなくては解決することはできず、諦めて新たな仕入れ先を探すという泣き寝入りをする羽目になる。

しかし今回のプロジェクトはすでに動き出していて、スケジュールが決まっていた。それを遅らせるとなると大幅な変更を余儀なくされるだろう。

その分ロスも生じ、経費もかさむ。どうにか仕入れ先を説得して卸してくれればいいのだが……。席を立ち、詳細を聞くために仕入先への対応に当たっている開発部の社員のもとへ向かった。

「やはり専務派の重役が絡んでいるようでした」

「そうか」

如月が本社へ連絡を取り、社長派の重役に調べてもらったところ、仕入れ先について開発部から執拗《しつよう》に情報を聞き出そうとしている者がいたという。

あまりの重圧に本来なら未確定な事案のため、担当者以外に漏らすことは禁止されていたが、開発部の社員は口を割ってしまったらしい。

「専務派の者がつい先日接触していたことも確認されました。仕入れ先の社員から聞いた話なので間違いないかと」

頭が痛くなり、深いため息がこぼれる。

「どうして社内の者がこうも妨害してくるのか……」

「ええ、おっしゃる通りです。これは厳しく対処するべきかと思います」

ライバル社にされるならまだ納得がいく。それが本来切磋琢磨して互いに会社を盛り上げていく同士がやったことだ。

「俺が社長になるのが気に入らないのなら、実力でその座を奪えばいいものを……」

兄が守ろうとした会社を、俺以上に大切にして盛り上げてくれるなら、専務が社長になってもいいと思っている。

しかし彼にはその器はない。うちには多くの社員が働いており、それぞれの生活を預かっていると言っても過言ではない。

専務派の者の行動は、多くの社員の生活を脅かすものであるということを理解しているのだろうか。

「如月、仕入先にアポを取っておいてくれ。俺が直接出向いて対応に当たる」

「かしこまりました」

まずは問題を解決するのが先だ。

ジャケットを羽織り、出かける準備を進めながら時間を確認すると、十五時を回っていた。これから仕入れ先に向かって話を聞き、そして説得するとなるとかなりの時間を要するだろう。

「悪いが如月、私用を頼まれてくれないか?」

「私用ですか?」

「あぁ」

食事の時間までには間に合うかもしれないが、迎えには行けそうにない。だから代わりに行ってほしいと頼んだところ、如月は快く引き受けてくれた。

翼君が乗り慣れた車がいいと思い、彼女に車のキーを託し、開発部の者とともに仕入先のもとへと向かった。

「きっと副社長が直接出向いてくださったからだと思いますが、すんなりと解決できてよかったです」

「……そうだな」

すぐには頷いてくれないことを想定していたが、その予想は大きく外れた。引き続きお願いしたい」と申し出てきたのだ。

説得する前に向こうから「認識に相違があって勘違いをしていた。引き続きお願いしたい」と申し出てきたのだ。

「しかし、先方が言っていた相違というのが気になるな」

「たしかにそうですね。こちらは始めから余念なく説明させていただきましたし、あちらも納得されていました。それがなぜ急に相違があったと言ったのでしょう」

それに如月の話では、間違いなく専務派の者が接触していたはず。だが、その話はいっさい出なかった。

ただ単に俺の業務に支障をきたしたかっただけ？　しかしそれにしてもあんまりにお粗末な内容だ。俺を不快に思わせるためだけにこんなことをするか？

「ですがスケジュール通りに進められそうで安心しました。仕入れ値も相談させてくれると言っていましたし、結果よかったのではないでしょうか」

「あぁ」

今回迷惑をかけた分、仕入れ値について向こうから頑張らせてほしいと申し出があった。ありがたい話だが、素直に喜ぶことができない。

「では私は本社に戻らせていただきます。また次週の試食会の際に伺いますので、よろしくお願いします」

「お疲れ、気をつけて」

「はい、ありがとうございます」

開発部の者とその場で別れ、支社へと戻った。ちょうど如月も戻ってきたところで、汐里さんと翼君を予約した店に送り届けてきたという。

「ありがとう、助かったよ」

「いいえ、楽しい時間を過ごさせていただきました」

「楽しい時間？」

「はい」

いつも厳しい表情の如月が、汐里さんたちと過ごした時のことを思い出したのか、クスリと笑うものだから目を剥《む》く。

仲良くなったのだろうか。後で汐里さんに聞いてみようと思いながら、先ほどのことを伝えると、彼女も「おかしいですね」と呟いた。

「これまででしたら、徹底的に妨害してきたではありませんか」

「そうなんだ、あまりにあっさりしすぎているよな」

「はい」

問題は解決したからよかったが、なんとも後味が悪い。

「明日、探りをいれてみましょうか？」

「できたら頼む」

「かしこまりました」

これはなにかの前触れで、また新たな手口で妨害してくる可能性もある。用心するに越したことはないだろう。

それから残った仕事をこなし、やっと今日のノルマが終わった。あとは雑務を残すだけというところで如月が声をかけてきた。

「お疲れ様でした。では副社長、一刻も早くお帰りください」

「えっ？」

そう言うと如月は、まだ帰るなど一言も言っていないし、なにより帰り支度をしていないというのにドアを開けた。

「天瀬様たちがお待ちです」

「それはわかっているが、なにもそう急かすことはないだろ？」

まだ雑務が残っているというのに、如月は早く帰ろと急《せ》かす。

「そのお仕事は明日でも差し支えございません。……お気づきではないかもしれませんが、大変疲れたお顔をされています。どうぞ早くおふたりに疲れを癒されてきてください」

「……そんなに疲れている顔をしているか？」

自分ではそれほど疲労感はないが、如月はすぐに頷いた。

「精神的にお疲れなのだと思います」

精神的に、か。それは言えているかもしれないな。

「そうだな、残りは明日やることにするよ。如月も早く上がってくれ」

「はい、そのつもりです」

帰り支度をした俺に一礼して見送る如月に「お疲れ」と言って帰ろうとした時、スマホが鳴った。相手を確認すると父からだった。

もしかしたら、今回の件を耳にして心配でかけてきたのかもしれない。すぐに電話に出ると、父の焦った声が届いた。

『海斗、大変だ！　翼君が誘拐された』

「えっ？」

信じがたい話に耳を疑う。

『先ほど犯人から会社に翼君を返してほしければ、現金で一億円を用意し、後ほど指定する日時に都内のある場所に持ってこいと電話があったんだ』

「ちょっと待ってくれ。俺を驚かせようと嘘を言っているわけではないよな？」

現実感のない話に確認すると、父は『こんなこと、冗談で言うはずがないだろう！』と声を荒らげた。

『警察には連絡をした。とにかく早く汐里さんと一緒にこっちに来てくれ』

そうだ、さっき如月がふたりを料理店まで送り届けたと言っていたよな。

「汐里さん……」

彼女の名前を呟きながら如月を見ると、父の大きな声が漏れて事情を把握したようで、慌てて「先ほど間違いなくおふたりをお店の駐車場まで送り届けました」と言う。

ちょっと待ってくれ。まさか……。

「父さん、犯人から汐里さんの話は出なかったのか？」

『いや、犯人からは翼君を預かったとしか聞かされていない。……もしかして汐里さんも？』

「わからないが、少し前まで如月がふたりと一緒にいたんだ」

『なんだって⁉』

俺の話を聞き、父は驚きの声を上げる。

「汐里さんに連絡してみるから、一度電話を切るぞ」

『あぁ、すぐに折り返してくれ』

通話を切った瞬間、如月が「どういう状況ですか？」と聞いてきたから、待ってくれと伝えて汐里さんに電話をかけた。

一緒にいたなら、翼君とともに連れ去られた可能性が高い。そうなると当然電話には出られないと思ったが、少しして誰かが電話に出た。

『もしもし、天瀬汐里様とお知り合いの方でしょうか？』

電話越しから聞こえてきたのは、女性の声だった。戸惑いながらも「はい、そうですが」と答える。

『先ほど天瀬様が緊急搬送され、治療中です。ご親族の方に連絡を取ることは可能ですか？』

「緊急搬送って……汐里さんは無事なんですか⁉」

もしかして犯人に怪我を負わされた？

『頭を強く打っているようなので、これから検査をしなければなんとも言えません。詳しくはこちらにいらしてからご説明させていただきます』

病院名を教えてもらい、通話を切るが呆然となる。

翼君が誘拐され、汐里さんが怪我をした。俺はいったいなんのためにここにいるんだ？　ふたりを守るために来たんじゃないのか？

自分の不甲斐《ふがい》なさに打ちのめされる。

すると如月が俺の身体を揺すった。

「しっかりしてください、副社長！　まずは一度落ち着いて深呼吸をなさってください！　一刻を争う事態なんですよね？」

「……あぁ」

そうだ、後悔している場合ではない。すぐに俺は如月に説明し、彼女に病院へ向かうためのタクシーを手配してもらっている間に父に連絡をとった。

父からはまずは汐里さんの病院へ向かうよう言われた。母がこちらに来てくれるので、母に汐里さんのことを任せて俺は東京に戻ってくることになった。

「わかった。汐里さんの容態がわかり次第また連絡をする」

『あぁ、頼むぞ』

如月に叱咤《しった》され、父と話をして冷静になることができた。

「新幹線のチケットは取っておきます」

「頼む」

急いで会社を出て、汐里さんが搬送された病院へと急いだ。

病院に到着すると検査や処置が終わったところで、医師より脳振盪《のうしんとう》を起こしていたが、脳に異常は見られなかったと説明を受けた。全身を打撲しているが命に別状はないと聞かされて胸を撫で下ろした。

汐里さんも先ほど目を覚まして面会ができるということで、事情聴取に来ていた警察官とともに病室へと向かう。

ドアをノックすると彼女の弱々しい声が聞こえてきた。ドアを開けて中に入ると、汐里さんの顔にはガーゼが貼られており、頭部にも包帯が巻かれていて痛々しい姿に胸が苦しくなる。

「海斗さんっ……！」

俺の姿を見た汐里さんは起き上がろうとしたものだから、急いで駆け寄って止める。

「そのままでいい」

彼女は身体を支えた俺の腕を掴み、目に涙を浮かべた。

「海斗さん、翼が……翼が……！」

ポロポロと涙を零しながら必死に訴えてくる汐里さんを落ち着かせるように、そっと抱きしめた。

「大丈夫、父さんが警察とともに動いているから」

「本当ですか？　翼は無事なんですか？」

「あぁ、翼君は絶対に助けるから今は安静にして。でないと、翼君も君を心配する」

背中や頭を撫でながら言うと、汐里さんは何度も頷く。

「あと少しで母さんが来てくれることになっている。なにかあったら母さんになんでも言ってくれ」

「え？　海斗さんは……？」

心配そうに顔を上げた彼女の目にはまだたくさんの涙が浮かんでいて、それを拭う。

「東京に戻って父さんと翼君を救出してくる」

「それなら私も……っ」

「ダメだ。汐里さんには翼君が戻ってきた時に元気な姿でいてもらわないと。でないと、俺が翼君に怒られる」

冗談交じりに言うが、汐里さんの瞳は悲しげに揺れた。

「だけど私のせいで翼が連れ去られてしまったんです。私がもっと早く異変に気づいて逃げていれば、翼に怖い思いをさせることはなかったのに……」

自分を責める汐里さんの肩を掴み、真っ直ぐに彼女を見つめた。

「汐里さん、それは違う。悪いのは汐里さんではなくて犯人だ。……大丈夫、俺が絶対に翼君を連れて帰ってくるから」

「海斗さん……」

彼女にこんな思いをさせた犯人が憎い。身代金を要求してきたことから、翼君が誘拐されたのは、間違いなく桜葉の人間だとわかってのことだろう。

すると汐里さんは涙を拭って真っ直ぐに俺を見つめた。

「翼のことをよろしくお願いします」

「もちろんだ」

母が来るまでの間、警察官が事情聴取も兼ねて汐里さんについていてくれることになった。

俺は病院から急いで駅へと向かい、新幹線で東京へと戻った。

時刻は二十二時過ぎ。薄暗い本社の廊下を駆けていく。エレベーターに乗って最上階にある社長室に入ると、父と警察官数名の姿があった。

「父さん、状況は？」

立ち上がった父は、詳しく今の状況を説明してくれた。

「先ほど犯人から連絡があって、引き渡しの日時と場所を言ってきた。明朝の五時半にここから近い公園の噴水前のベンチに、現金が入ったバッグを置くよう指示があった。……現金を確認後、翼君を解放するとのことだ」

「本当に翼君を返してくれるのか？」

「それはわからないが、とにかく犯人の言う通りにするしか……」

力なくソファに腰を下ろし、深く息を吐いた。

俺も父の隣に座り、そっと背中を摩《さす》った。

「大丈夫、きっとうまくいくさ」

「そうだな、今は信じるしかない。現金のほうは準備ができそうだ。しかし、いったい誰が……」

「犯人の声に聞き覚えは？」

「機械で声を変えていてわからなかった。ただ、間違いなくうちの会社……もしくは私に恨みがある者の犯行だろう」

「……あぁ」

俺たちのせいで翼君に怖い思いをさせてしまった。それは父も同じ気持ちなのか、頭を抱えた。

「とにかく翼君の無事を祈るばかりだ」

「そうだな」

その時、警察官が声をかけてきた。

「桜葉さん、少しよろしいでしょうか？」

「はい、なんでしょうか」

警察官が言うには、父が犯人との電話を引き延ばしてくれたおかげで逆探知に成功したという。

そこで相談をもちかけられた。汐里さんが怪我を負わされたことから、翼君の安否が心配される。犯人の要求通りに明朝まで待つか、安全を最優先にして探知した場所へ突入して救出するかというもの。

「明日の身代金受け渡し時に、犯人は現地で翼君を解放するとは言っていませんでした。身柄を受け渡さずに、さらに金銭を要求してくるかもしれません。そうなると翼君が心配ですし、犯人が場所を移動してしまう可能性もあります」

「たしかにそうですね」

警察官の話を聞き、父は俺を見た。

「海斗はどう思う？」

「そう、だな……」

難しい判断だが、翼君のことを考えると今すぐにでも救出するのがいい気がする。

俺の考えを伝えると父も納得し、探知場所に突入して翼君を救出してもらうことになった。

「すみません、決して邪魔はしませんので俺も同行させていただけませんか？」

「それは……」

俺の申し入れに難色を示した警察官を説得するように続ける。

「翼君も俺がいたほうが安心すると思うんです。どうかお願いします」

深く頭を下げたら、父も俺の気持ちを汲んでくれて一緒に頭を下げてくれた。

「私からも頼みます。それに海斗は護身術を身につけており、ＳＰ並みの身体能力を持っています。なにかあったとしても自分の身は自分で守れます」

父の話を聞いた警察官から、どうにか同行する許可をもらうことができた。

「海斗、翼君のことを頼むぞ」

「あぁ、任せてくれ」

防弾チョッキを着用し、警察官たちとともに翼君がいると思われる場所へと向かった。

警察が突き止めた場所は、会社からそう離れていない廃墟《はいきょ》ビルだった。駐車場には汐里さんが見た車と一致した車が停められている。

それを確認し、特殊部隊が周りを固め、内部の様子を探る。

「恐らく犯人たちは三階にいる模様。先ほど隊員が窓に僅かな光を確認。恐らくスマートフォンの光の模様」

報告を受け、指揮官よりこれより突入すると号令がかかった。

「翼君を救出次第、直ちにお連れしますので、桜葉さんはこちらで待機をお願いします」

本音を言えば、内部に潜入して救出に同行したいところだが、邪魔になるだけ。

「……わかりました。よろしくお願いします」

必ず救出してくれると信じて託した。

固唾を飲んで状況を見守る中、犯人たちがいる部屋へと突入したようで、大きな物音と怒声が聞こえてきた。

次に銃声も響き、緊張がはしる。翼君は大丈夫なのかと心配になり、今すぐに駆け込みたい衝動に駆られる。それを察知したのか、近くにいた警察官に止められた。

「大丈夫です、翼君は必ず仲間が無事に救出します」

「……はい」

そうだ、祈るしかない。

藁にもすがる思いで待つこと数分、反対側からガラスの割れる音と翼君の泣き声が聞こえてきた。

「翼君……？」

警察官に止められたが制止を振り切り、足が動く。

無事に救出されたのかもしれない、だったら早く安心させてやりたい。その思いで駆けていくと、泣きじゃくる翼君を抱きかかえる大柄の男と鉢合わせた。

焦った様子で何度も振り返りながら走ってきたため、俺の存在に気づくのが遅れたようだ。男は一瞬足が止まり怯《ひる》むも、俺が警察官ではないとわかったようで再び足を進めた。

「退け！」

「そうはさせるか！」

腰を低くして駆け寄ってきた男を迎え撃つ。すると俺の姿を見た翼君が大きな声で
「助けて海斗君！」と叫んだ。

男は翼君を抱えていない手でナイフを振りかざす。

「ケガをしたくなかったらすぐに退くんだ！」

「退くわけがないだろ！」

一緒に待機していた警察官はまだ来る気配がない。それなら俺がこの男を止めて翼君を助けるんだ。

ナイフをかわして男にタックルして倒した。その拍子に翼君も解放され、すぐに抱きしめる。

「怖かったよ、海斗君」

「もう大丈夫だ」

泣きじゃくる翼君を安心させるように、頭や背中を優しく撫でる。

「怖かっただろうに、よくひとりで頑張った」

「うん……僕、みんなにまた会いたくて頑張った」

「そうか、偉いぞ」

翼君の無事に安堵《あんど》して力強く抱きしめた。

よかった、本当によかった。

「くそっ！　そのガキを逃がすわけにはいかないんだ！　寄越せ‼」

男はまだ諦めていないようで、起き上がって再びナイフを手に突進してきた。

「翼君！」

翼君を抱いていたため応戦することは叶わず。俺は翼君を守るように男に背を向けた。次の瞬間、腕に痛みがはしる。

「っ……」

声にならない痛みに身体がよろめき、翼君は「海斗君！」と泣きながら叫ぶ。

「早くガキを寄越せ！」

「渡すか！」

俺に怪我を負わせたことで気を抜いた犯人の足のすねを狙って蹴った。

「くそがっ！」

男は逆上し、襲いかかってこようとした瞬間、特殊部隊によって確保された。

「犯人確保！」

「離せっ！　離せって言ってるだろ！」

ふたりがかりで取り押さえても、なおも抵抗を見せる男を応援に駆けつけた数人で押さえつける。

「くそっ……！　くそー！」

男は何度も叫んだ後、諦めたのか動かなくなった。

「海斗君……っ」

恐怖で震える翼君を安心させるように何度も背中を撫でる。

「もう大丈夫だ。よく頑張ったな」

見たところ怪我をしている様子はない。無事で本当によかった。

「大丈夫ですか⁉　桜葉さん！」

「はい、俺は大丈夫です」

駆けつけた警察官に支えられながら立つが、次第に腕の痛みが増していく。深く切りつけられたようで、俺に抱きついていた翼君の手に血が付き、それに気づいた翼君は泣き出した。

「海斗君が死んじゃうよー！」

「大丈夫、死なないよ」

「でも血がいっぱい出てるよ？」

泣きじゃくる翼君の頭を撫で、「本当に大丈夫だから」と安心させるように言った。

「翼君にサッカーをもっと教えないといけないし、今度は遊園地に行こうって約束したのに死ぬわけがないだろ？」

「……本当？」

「あぁ、本当」

両親を亡くしたこの子に、もう二度と誰かを失う悲しみを味わわせたくない。

その後、警察車両で病院に搬送されて処置を受けた。幸いなことに縫うほどの傷ではなく、翼君も検査の結果異常は見られず家に戻ることができた。

緊張が解けて安心したのか、翼君は兄が使っていたベッドに入るとすぐに眠りに就いた。しかし俺の手はギュッと握ったまま離そうとしない。それだけ怖い思いをしたのだろうと思うと胸が痛む。

「翼君は寝たのか？」

「あぁ、すぐに寝たよ」

静かに寝室に入ってきた父は、スヤスヤと眠る翼君を見て安堵の笑みを見せる。

「犯人は一年前に契約を切った取引先の社長だった」

「……そうか」

逆恨みによる犯行で、身代金で新しい生活を始めようとしていたらしい。しかしそれ以上に衝撃の事実が判明した。

「まさか専務が犯行の手引きをしていたとは……」

頭を抱える父の気持ちを考えると、かける言葉が浮かばない。

今回の誘拐事件には、専務が絡んでいた。

俺が翼君と汐里さんを連れて会社を訪れた日、たまたま専務は犯人が使えると思って会社に呼び出したところ、ふたりで偶然にも俺たち三人の姿を目撃したそう。

あまりに仲睦まじそうに俺がふたりを社内で案内する姿を見て、犯人は汐里さんが俺の妻で翼君が子どもだと勘違いしたらしい。

犯人は契約を切られたことにより、会社は倒産。家族も犯人を見捨てて家を出ていったそうだ。それなのに俺たち一家が幸せに暮らしているのが許せなくなり、犯行に及んだという。

そのように犯人をそそのかしたのは、俺が家庭を持っていないことを知りながら犯人には事実を告げなかった専務だった。専務もまた、兄をサクラバの後継者として教育したひとりだった。

専務は唯一兄ならトップに立つに相応しい人物だと認めてくれていたようで、兄以外の親族の者が会社を継ぐことを許せなかったらしい。

俺がどんなに努力したところで、兄に勝ることはないとも言っていたそう。

また、犯人は社内に派閥があり、後継者問題で揉めていることを知っており、敵対する専務に協力を求めたらしい。

俺と汐里さんたちを引き離すために、あんなお粗末な妨害を企てて、その間に翼君と汐里さんを連れ去り、汐里さんに対しては暴行を企てていたというから驚きだ。

「専務はお前が副社長職に就任したことを面白く思っていなかったが、これまで会社のために尽くしてくれていた。聡の教育にだって熱心で、常に会社のことを考えてくれていた。だから海斗の働きぶりを見て、いつかは海斗のことを認めてくれると思っていたが、まさかこんなことをするとは……」

深いため息を吐きながら話した父の声は震えていた。

「今回の件は公にして、専務には司法に則《のっと》り処罰を受けてもらうつもりだ。明日からなにかと忙しくなるだろう。お前にも迷惑をかけると思う。……すまないな」

「なに言ってるんだよ、迷惑だなんて思っていないから」

父はこれまで会社のために身を粉にして働いてきた。そんな父の姿を専務は長年見てきたはず。

ましてや兄が努力する姿も近くで見てきたんだよな？　……いや、それ以上に会社に大きく貢献してきたからこそ、俺にはサクラバを任せられないと思ったのかもしれない。それなら責任は俺にもある。

「専務は、俺がどんなに努力したところで認めてくれなかったんだな」

ボソッと漏らした一言に、父は「お前のせいじゃない」と力強い声で言った。

「お前の努力は私が誰よりも知っている。聡がいなくなり、海斗がどんな思いで今日まで過ごしてきたか……。専務はお前の経営者としての本質を見抜くことができなかった愚か者だっ」

一呼吸置き、父は続けた。

「ずっと専務にはいつか海斗の努力を認め、ともに会社を盛り上げてくれると願っていたんだ。そんな私の浅はかな願いのせいでお前にはつらい思いをさせてしまい、申し訳なかった」

「父さん？」

俺に向かって深々と頭を下げた父に困惑する。しかし父は、顔を上げることなく謝罪の言葉を繰り返す。

「本当にすまなかった。だが、これだけはわかってほしい。社内の多くの者がお前を後継者として認めていることを。だからこれからも海斗は海斗らしく仕事に取り組んでほしい」

父の話を聞き、胸が熱くなる。

そうだ、全員に認めてもらうなど無理な話なのだ。たったひとりでも自分のことを認めてくれる存在がいたらそれでいい。兄ほどの実力はないかもしれないが、俺は俺のやり方でサクラバ食品会社を大きくしていきたい。

「ありがとう、父さん。今後も父さんに負けないよう精進するよ」

「あぁ」

顔を上げた父は安堵した笑みを浮かべた。

今後、同じような事件を起こさないためにも、今まで以上に努力を重ねていこう。

「今日、明日は翼君とゆっくり休むといい」

「そうさせてもらうよ。でも明日の夜には福島に戻るつもりだ」

「大丈夫なのか？　お前も怪我しているのに」

「大したことない。それに早く翼君を連れて帰って、汐里さんを安心させてあげたいんだ」

病院で処置してもらっている間に、父から汐里さんに翼君は無事に救出できたと連絡をしてもらった。一報を聞いた彼女は泣いていたそう。翼君もしきりに汐里さんの心配をしていた。そんなふたりを早く会わせてあげたい。

「そうか、わかった。体に障るだろうから岡見にふたりを福島まで送らせよう」

「そうしてくれると助かるよ」

新幹線での移動は正直つらいし、翼君にとっても車で移動したほうがいいだろう。

「おやすみ」と言って部屋から出ていった父の背中を見送り、気持ちよさそうに眠る翼君の寝顔を眺めた。

「傷ひとつなくて、本当によかった」

抱き寄せると体温が伝ってきて、翼君の無事を改めて実感して目頭が熱くなっていく。疲れていたのか、俺もそのまま眠りに就いた。

目が覚めると、身体に感じる重み。

「んっ……」

目を擦りながら自分の身体を見たら、翼君が隣で寝ていた。その姿に思わず笑みが零れる。

「どうやって移動したんだ？」

部屋の時計で時間を確認すると、十二時になろうとしていた。だいぶ長い時間寝ていたようだ。翼君を起こさないようにベッドから降りようとしたが目を覚ましてしまい、「んー……」と寝ぼけた様子で俺を見た。

「あれ？　海斗君？」

「おはよう、翼君」

挨拶をすると少しずつ目が覚めてきたようで、翼君は心配そうに俺を見た。

「海斗君！　血出てない⁉」

「もう出ていないよ」

「本当？　よかった」

安心したようで俺の手をギューッと両手で握る翼君に、愛おしさが込み上がる。

手を繋いだまま起き上がると、翼君は勢いよく俺を見た。

「しーちゃんは⁉」

「汐里さんも大丈夫。今日の夜に汐里さんのところに帰ろう」

「うん、早くしーちゃんに会いたい」

抱きついてきた小さな身体を抱きしめる。

「そうだな、早く会いに行こう」

俺も汐里さんに会いたい。会ってこうやって抱きしめたい。彼女に対する想いが大きくなっていく。

「ねぇ、海斗君」

「ん？　どうした？」

すると翼君はベッドから降りて、ソファに上ってちょこんと座った。そして俺にも「座ってください」と促す。

命令口調で言ったのがツボに入り、笑いをこらえながらも言われた通りに翼君の隣に座る。すると翼君はジッと俺を見つめた。

「わかったよ」

「海斗君、僕ね、すごく怖かったの」

「……そうだよな、怖くて当然だ」

突然連れ去られ、あの現場までの到着の間も車内でどれほど怖い思いをしたか……。

父も心を痛めていたが、今回の事件が翼君のトラウマにならないか心配だ。

一夜明けて翼君はどう思っているのか、いまだに不安や恐怖を抱えているのか気になるところだが、敢えて嫌な記憶を思い出してほしくはない。

翼君から話してくれるのを待とうと思っていたところ、こんなにも早く打ち明けてくれるとは正直、驚きを隠せない。

どんなに深い傷を負ったとしても、立ち直れるまで俺が責任を持って支えるつもりだ。先ほど怖かったと言っていたが……。

翼君の気持ちを聞くべく、耳を傾けた。

「でもきっと海斗君が助けに来てくれると信じていたの。それに僕が泣いちゃったら、しーちゃんも心配するでしょ？　だから海斗君が助けに来てくれてすごく嬉しかったよ。……ありがとう、海斗君」

お礼を言って翼君は俺に抱きついた。ギュッと首を回された小さな手が少し震えていることに気づき、胸が締めつけられる。

「怖い思いをさせて悪かった。これからはもう二度と怖い思いをさせないと誓おう。俺が翼君を守ってやる」

「うん、ありがとう」

鼻を啜る翼君に、俺まで泣きそうになる。兄が遺してくれたこのかけがえのない存在を、絶対に守ろう。もう二度とこうして悲しい涙を流させないように。

そう心に強く近い、背中を撫でていると翼君はゆっくりと俺から離れた。

「それとね、海斗君。前に僕、しーちゃんと結婚しちゃダメって言ったけど、海斗君ならしーちゃんと結婚してもいいよ？」

「えっ？」

思いがけない話に目を瞬かせる俺に、翼君はにっこり微笑んだ。

「だって昨日の海斗君、本当にカッコよかったんだもん！　海斗君、すごく強いね。だからしーちゃんを任せてもいいと思ったの」

まるで汐里さんの父親のような物言いに笑ってしまいそうになる。

いや、翼君は真剣に話してくれているんだ、笑ったら絶対にダメだと自分に言い聞かせる。

「悔しいけど、僕はあんなに強くないし、しーちゃんを守れなかった。……だからこれからは海斗君がしーちゃんを守ってくれる？」

切実な思いに大きく頷く。

「翼君が認めてくれるなら、汐里さんのことも翼君のこともずっと守り続けるよ。

……だけど本当に俺と汐里さんが結婚してもいいのか？」

あれほど大反対していたというのに、いいのだろうかと不安になって聞くと、翼君は唸りながらも声を絞り出した。

「うーん……本当はすごく嫌だけど、でも僕じゃしーちゃんを幸せにできないと思うんだ。それに海斗君カッコいいし、しーちゃんとお似合いだから」

「翼君……」

翼君に認めてもらえたことが嬉しくて、頬が緩む。

「あ、もちろん結婚はしーちゃんも海斗君のことが好きになったらだからね？　しーちゃんが好きじゃないならダメ」

「それはもちろんだ。……翼君のためにも頑張って汐里さんに好きになってもらわないとな」

「そうだね、僕も応援してあげる！」

「それは頼もしい」

ん？　ちょっと待ってくれ。如月といい、もしかして俺が汐里さんに想いを寄せていることに翼君は気づいていたのか？

気になって聞いてみたところ、「え？　男の子はみんなしーちゃんのことを好きになるでしょ？　だって可愛いもん」という答えが返ってきて、笑ってしまったことは言うまでもない。

決断のとき

寝ようと思って目を閉じると、どうしても翼が連れ去られた瞬間が浮かんで怖くなり、なかなか眠ることができなかった。なにより翼が今も怖い思いをしていると思うと、自分だけが眠れそうにない。

そんな時、無事に翼が救出されたとの知らせを受け、どれだけ安堵したか。

朝方に眠りに就いたが、夢の中で泣きながら私に助けを求める翼が出てきて、すぐに目を覚ましてしまった。

「大丈夫？　汐里さん」

「君江さん……」

心配そうに私を見つめる君江さんに、さっきのは夢なのだと胸を撫で下ろした。

「もしかしてどこか痛むのかしら。看護師さんを呼びましょうか？」

「いいえ、大丈夫です。ちょっと嫌な夢を見てしまって」

ゆっくりと起き上がり、時間を確認するとお昼を回っていた。

「さっき食事が運ばれてきたんだけど、なにか食べられそう？」

「えっと、まだ食欲がなくて……」

それもあるし、殴られた時に口の中を切ってしまったようで痛み、食べられそうにない。

「そうよね、下げてもらうわ。じゃあプリンやゼリーはどう？　それなら食べやすいと思うわ。今夜には海斗が翼君を連れて帰ってくるんですから、なにか食べて元気を出さないと」

どうやら君江さんには普通の食べ物が食べづらいことがバレてしまったようだ。

「すみません、お願いします」

「ちょっと待っててね」

君江さんが病室から出ていき、ふと窓の外に目を向けると雲ひとつない青空が広がっていた。

昨夜の出来事が夢のように思えるほど綺麗で、しばし目を奪われる。

しかし、少し身体を動かしただけで痛みが生じ、昨夜のことが夢ではないと実感させられた。

「本当に翼が無事でよかった」

このまま翼と会えなくなったらと想像するだけで怖くてたまらなくなった。それに聡さんと姉に合わせる顔がなかったよ。

それと同時に、自分の無力さを痛感した。君江さんに聞いたところ、犯人はサクラバ食品会社に恨みのある人物だったらしい。

翼が聡さんの子どもである以上、こういったことが今後も起こる可能性がある。そうなった時に私に翼を守る力がある？

姉が亡くなった時に、翼のことは私が責任を持って育ててみせると誓ったけれど、それは無理なのかもしれない。

売店から戻ってきた君江さんは、並んでいるプリンとゼリーを全種類買ってきたものだから、思わず笑ってしまった。

私の笑顔を見た君江さんは安堵したように微笑んで勧めてくる。

今後のことは考えるのを一旦やめて、翼を迎える準備をしよう。そう心に決め、オススメのゼリーを食べていると、君江さんが思い出したように話し出した。

「そうだ、海斗の秘書の如月さんから私に連絡があったの」

「え、如月さんからですか？」

「ええ。彼女、汐里さんと翼君をちゃんと店の中まで送り届けていれば……と、とても責任を感じていたわ」

「そんなっ……」

如月さんはなにも悪くない。昨日だって中まで送ると言う彼女の提案を断ったのは私なのだから。

「海斗も主人も如月さんに自分を責めないように言ってくれたようだけど、落ち着いたら汐里さんからも連絡を入れてあげて。連絡先教えてあげるわ」

「はい、そうします」

如月さんにも迷惑をかけてしまった。ちゃんと謝ろう。


海斗さんと翼が来たのは、十七時を過ぎた頃だった。廊下から聞こえてきた足音がだんだんと大きくなってきて、翼は勢いよくドアを開けて飛び込んできた。

「しーちゃん!」

「翼……!」

私がベッドから降りるより先に翼が私に抱きついた。痛みが広がるが、それよりも翼を再び抱きしめられた喜びが勝って涙が零れた。

「会いたかったよ、しーちゃん」

「うん……ごめんね、怖い思いをさせて」

すると翼は勢いよく離れ、私をまじまじと見て目を潤ませた。

「しーちゃん、大丈夫？　痛い？」

「平気だよ。お医者さんに治してもらったから」

大丈夫とアピールするものの、翼の表情は晴れない。包帯が巻かれてガーゼが貼られた顔を鏡で見たけど、自分でも痛々しいと思ったほどだ。翼が心配するのも当然だよね。

「翼は大丈夫？」

「うん、僕は大丈夫。あ！　そうなの、僕がケガをしなかったのはね、海斗君が助けてくれたからなんだよ」

そう言うと翼は遅れて病室に入ってきた海斗さんを心配そうに見つめる。

「海斗君の腕からいっぱい血が出ちゃったの」

翼の話を聞き、私も一緒にいた君江さんも驚きの声を上げた。

「海斗さん、大丈夫ですか!?」

「聞いていないわよ、どういうことなの？」

「いや、そこまでひどいケガじゃなかったから」

翼が心配すると思ってなのか、言葉を濁す海斗さんに代わり、翼が答えてくれた。

「海斗君ね、僕を守るために悪い奴《やつ》にやられちゃったの。それでも足でキックして悪い奴をやっつけたんだよ！　すっごくカッコよかったの！」

翼は興奮しながら大きく身体を動かして表現してくれた。

「海斗君はヒーローだよ！」

「翼君、そのへんにしてくれ」

褒められて恥ずかしいのか、止めに入った海斗さんに私と君江さんは笑ってしまった。

「海斗さん、翼を助けてくださり、本当にありがとうございました」

さっきふたりが来る前に今回の事件について君江さんから詳しく聞いた。海斗さんが救出の現場に同行してくれて、翼を連れて逃走しようとした犯人と対峙《たいじ》して救ってくれたと。

こうして翼が元気に戻ってくることができたのは、海斗さんが助けてくれたからだ。

感謝の思いを伝えると、海斗さんは首を横に振った。

「俺はただ、汐里さんとの約束を守っただけだよ。……ふたりが無事で本当によかった」

「海斗さん……」

優しい眼差しを向けて言われ、恥ずかしくなってきて顔を見ていられなくなる。するとなぜか翼は私と海斗さんを交互に見てにっこり笑った。

「えへへ」

「どうしたの？　翼」

「ううん、なんでもないよ。そうだ、しーちゃん！　明日ね、じいじもこっちに来るって言っていたよ」

翼がそう言うと海斗さんも続く。

「今回の事件に巻き込んでしまったことに対し、汐里さんに直接会って謝りたいそうだ」

「そんな、いいのに」

悪いのは犯人であって泰三さんに罪はない。

「それと今後についても話したいと言っていた」

躊躇いがちに言われた言葉に、ドキッとなる。

「そうですか。……わかりました」

私も泰三さんたちと翼のことでちゃんと話がしたい。ちょうど明日には医師から退院してもいいと言われていたから、落ち着いた場所で話せそうでよかった。

「俺と母さんも交えてゆっくり話そう」

「そうね、そうしましょう」

「はい」

話も終わり、君江さんと海斗さんが翼を連れ帰ろうとしたところ、翼は全力で拒否をした。

「やだ！　しーちゃんと一緒にいる！　海斗君も一緒にお泊りして三人で寝ようよ」

「あら、それはいいわね」

翼の提案に乗っかった君江さんに対し、海斗さんはすぐに「なに言ってるんだよ、母さん」と言うが、君江さんと翼は盛り上がる。

「小さいうちしか一緒に寝られないものね」

「うん！　だからね、これからはずっと三人で寝たいなぁと思っているの」

「うんうん、ぜひそうしなさい」

勝手に話を進めるふたりに呆気にとられる。

今回の事件を機に、翼は海斗さんのことが大好きになったようだ。それはとても喜ばしいことだが、さすがに翼の願いを叶えてあげられそうにない。

翼がいるとはいえ、海斗さんと同じベッドでなんて寝られないよ。想像しただけでドキドキして心臓が止まりそう。

しかしさっきまでやんわりと否定していた海斗さんが、翼の話に乗っかり始めた。

「そうだな、東京にいる間は同じ屋根の下にいるわけだし、三人で寝ようか」

「えっ？」

海斗さんは翼を抱き上げて「今度帰ったら三人で寝よう」なんて約束をしてしまった。

そんなふたりを見て君江さんは「あら、そういうことなの？」なんて含み笑いをしながら私と海斗さんを交互に見る。

「ち、違いますよ？　君江さん」

私と海斗さんが、君江さんが想像するような仲だなんて恐れ多い。

「えぇー、隠さなくてもいいのよ。むしろそうなってくれたら嬉しいわ」

「そんなっ……！」

海斗さんもなにか言ってください！　と思って彼を見るも、翼と楽しそうに話しているだけでいっさい否定をしない。

もしかして翼の前だから敢えて否定しないだけ？　だったら私もこんなにムキになることはないのかも。

徐々に冷静になってきて、深いため息をひとつ零した。

「とにかく翼、今夜は海斗さんたちと一緒に帰ってくれる？　私はまだ病院にいないといけないの」

「えぇー……。僕も一緒にいちゃダメなの？」

翼が私のほうに手を伸ばしたから、海斗さんはそっと私に翼を託した。

「うん、明日には良くなって帰れるから、今夜だけは海斗さんとばあばといい子にしてて」

翼を自分の膝の上に乗せて、言い聞かせるように言うと理解してくれたようで渋々頷いた。

再び海斗さんに抱かれ、翼は泣きそうな顔で私に手を振る。

「しーちゃん、また明日ね」

「うん、また明日」

翼の背中を撫でながら海斗さんも私を見つめる。

「明日また迎えに来る」

「……はい、ありがとうございます」

なんだろう、勘違いかな？　海斗さんが私を見る目が甘いというか、優しいというか……。それが以前より増している気がする。おかげで胸が高鳴って仕方がない。

三人を見送りひとりになると、深いため息が零れた。

「私、大丈夫かな」

海斗さんのことが好きって自覚してから、ものすごい速いスピードで好きって感情のかけらが増えていっている。

あまりに身分が違いすぎるもの。迷惑になるだけとわかっている以上、気持ちを伝えるつもりはない。

今後も翼の叔父と叔母としていい関係を築いていきたいと思っているのに、このままではいつか気持ちが溢れて海斗さんにバレてしまいそうで怖い。

そうならないためにも、離れたほうがいいのかもしれない。

とにかく明日、退院して泰三さんたちと話してから今後について真剣に考えようと決め、この日は早めに就寝した。

迎えた次の日。検査などを終えて夕方には退院となり、泰三さんも朝方こちらに到着したようで、みんなで迎えに来てくれた。

移動中の車内で如月さんに連絡を入れたところ、お互い謝るばかりだった。それが可笑しくて笑ってしまい、今後、里子さんのこともあるし連絡を取ろうということになった。

みんなで向かった先は市内にある寿司店《すしてん》。お寿司が食べたいという翼のリクエストでやって来た。

私も口の中の痛みが引いてきて、久しぶりに美味しいお寿司を堪能することができた。その後にやって来たのは老舗旅館だった。

自宅アパートではゆっくり話せないと思って部屋を取ってくれていた。

海斗さんと泰三さんに翼を大浴場に連れて行ってもらい、私は身体中にまだ痣《あざ》があるため、君江さんだけで大浴場に行ってもらった。

そして私は部屋に付いている露天風呂を堪能した。

きっと私の身体のことを考慮して露天風呂付きの部屋を取ってくれたんだと思うと、感謝しかない。

みんなお風呂から上がってからは、翼の希望でトランプをした。幼い頃に夢見た一家団欒《いっかだんらん》にずっと笑いっぱなしで、楽しいひと時を過ごした。

すると翼は疲れてしまったようで、二十一時にはぐっすりと眠っていた。

お茶を飲みながらテーブルを囲み、まずは泰三さんが事件の経緯を説明してくれた。

そこで犯人の協力者がサクラバ食品会社の専務と聞き、衝撃を受けた。信頼していた相手に裏切られた泰三さんの心境を考えると、私はただ話を聞くことしかできなかった。

犯人の証言の裏付け捜査も終わり、今日の朝に専務は任意同行され逮捕となった。明日には社内でも公表するとのこと。

「恥ずかしい話だが、社内では専務を支持する者と私たち同族経営を支持する者の派閥に分かれていてね。専務が逮捕された以上、退職は免れない。そうなれば、もしかしたら一部の専務派の者が動く可能性がある」

泰三さんに続き、海斗さんが説明してくれた。

「翼君の存在が広く知られるのも時間の問題だろう。そうなると、今回のように翼君と汐里さんに危害を加えようとする者が出てくるかもしれない」

そうだよね、翼が桜葉家の人間である限り、こういったことが今後も起こる可能性があるんだ。

すると海斗さんと泰三さんは顔を見合わせ、私の様子を窺いながら切り出した。

「翼君と汐里さんを守るためにも、私たちと東京で一緒に暮らしてくれないかな」

「実家はセキュリティもしっかりしているし、有能なＳＰも付けることができる。なにより常に誰かがふたりを守ることができるんだ」

やっぱりそういう流れになるよね。でも私もそれが一番いいと思う。翼は桜葉家の人間だ。海斗さんたちにもすっかり懐いているし、サッカー教室を通して友達もできた。

きっと今の翼なら東京でも暮らしていけるだろう。

「どうだろうか。もちろんすぐに決めなくてもいい。でも前向きに考えてほしい」

海斗さんも泰三さんも君江さんも、大切なのは私と翼の気持ちだと気遣ってくれた。こんなにも翼のことを考えてくれているのだもの、迷う必要なんてないよね。でも肝心の翼の本心は聞けていない。

「色々とお気遣いいただき、ありがとうございます。……翼が連れ去られた時、自分はなんて無力なんだろう。私じゃ翼を守れないと痛感しました」

「そんな……！　そんなことないわ。だって汐里さんは身を挺にして翼君を守ったじゃない」

「そうだぞ、汐里さん」

君江さんと泰三さんの優しさに触れて、目頭が熱くなる。

「ありがとうございます。サッカー教室のこともありますし、翼にとっても東京で暮らしたほうがいいのかもしれません。それにこの前、海斗さんに会社を案内してもらった時、翼は海斗さんと泰三さんのお仕事に興味を抱いていました。この先、翼がどんな将来の選択をするのかわかりませんが、海斗さんのそばにいたほうがいいのかもしれません。もちろん翼の気持ちを聞いて前向きに考えたいと思います」

私の話を聞き、三人は胸を撫で下ろした。

「ありがとう、汐里さん。たとえ福島に残ると決めたとしても、俺たちは今後も変わらずふたりを支えていくから」

「それならいっそのこと、福島に本社を移すか？」

海斗さんに続いて泰三さんが冗談交じりに言うと、すぐさま君江さんが口を開いた。

「そうなったら福島に新しくみんなで暮らせる家を建てるのはどう？」

「そうだな、今後もっと翼君は大きくなるし、そのうち動物を飼いたいと言うかもしれない」

「たしかに。聡も海斗も犬を飼いたいって言っていたもの。翼君もそのうち言い出しそう」

話が盛り上がるふたりをよそに、海斗さんがそっと私に言った。

「どちらになっても俺たちは大丈夫だから、汐里さんの気持ちを大切にしてほしい」

「……はい、ありがとうございます」

どこまでも私に寄り添ってくれる人たちが、翼の家族で本当によかったと心の中で何度も感謝した。


次の日、海斗さんたちは東京へと戻っていった。

私たちにSPを付けてくれて、久しぶりにアパートに戻り、部屋の換気をする。

仕事はあと三日休みをもらっており、翼も保育園を休ませたため、ふたりでのんびりとご飯を作り、DVDを鑑賞してゆっくりとした時間を過ごす。

夕方になり、夕食の準備をする前に翼に切り出した。

「翼、ちょっといいかな」

「うん、なに？」

おもちゃで遊んでいた翼は私のもとへやって来て、向かい合うように座った。

そんな翼に対し、混乱しないように言葉を選びながら話していく。

「あのね、翼。……この前、悪い人たちに怖い思いをさせられたでしょ？　それはね、じいじがすごい人だからなんだ。もちろんじいじが悪いわけじゃなくて、じいじは他の人より大変な仕事をしているから、それで嫌がらせをする人も多いの」

「そっか、悪い人がいるんだね」

「……うん、残念だけど、そういう人もいるんだ」

きっとこの先、翼は多くの人と出会うだろう。そこでいい人との出会いもあれば、嫌な人との出会いもあるはず。それを今から理解してくれたらいい。

「だからね、海斗さんたちが翼を守りたいって言っているの」

「僕を守ってくれるの？」

「うん。そのためにもね、これからはずっとじいじの家で暮らすのはどうかな？」

翼の反応を見ながら聞いてみると、意外なことにすぐに「一緒に暮らす！」と即答した。

「僕ね、ずっと海斗君たちと一緒に暮らしたい！」

それは嬉しい反面、悲しくもあって複雑な気持ちになる。

「……本当に？」

「うん！　しーちゃんもみんなで一緒に暮らそうね」

思わず聞き返すと、私も一緒にという言葉が返ってきて、大きく心が揺れる。

翼は桜葉家で暮らす権利があるが、私にはない。それに今よりもっと海斗さんと一緒に過ごす時間が増えたら、気持ちを抑えることなんてできなくなってしまう。

だから一緒には暮らせないと伝えるべきなのに、目をキラキラさせて「楽しみだね」と喜ぶ翼には言えなかった。

次の日にはサクラバ食品会社のニュースが瞬く間に広がり、世間を騒がした。専務をはじめ、事件に関与した執行役員も逮捕され、泰三さんと海斗さんはその対応に追われていた。

翼の気持ちを聞き、一緒に東京で暮らすと伝えたのはそれから十日後のことだった。

久しぶりに福島に戻ってきた海斗さんとともに翼を保育園に送り届け、私の職場まで送ってくれている途中にそっと告げた。翼を私に代わって大切に育ててほしいと。

ずっと一緒にいたいんだ　海斗SIDE

「副社長、ポスターが上がってきましたので、確認いただけませんか？」

「……え？　あ、悪い。もう一回いいか？」

如月がなんて言ったかわからず聞き返すと、彼女は深いため息を漏らした。

「人事も終わって社内の体制も整い、今回のプロジェクトも大詰めだというのに、昨日からご様子がおかしいのですが、天瀬様となにかあったのですか？」

「どうしてそこで汐里さんが出てくるんだ？」

図星だと勘づかれたくなくて平静を装って言えば、如月は淡々と話した。

「副社長の様子がおかしくなるのは、彼女のことしかないからと判断したまでです。そもそも副社長がこれまで仕事中にボーッとされることなどなかったではありませんか？」

的確に言い当てられ、返す言葉がない。

「もしかして天瀬様の身を案じていらっしゃるのですか？　それでしたら杞憂かと。なんせ社長付きのSPを配置したのですから安全でしょう」

「それに関しては心配していない」

「ではどんな気がかりがあるのですか？」

間髪を容れずに聞かれ、思い出すのは昨日汐里さんから言われた言葉。

翼君も嫌がる素振りも見せず、東京で俺たちと暮らすこと喜んでくれたらしい。それを聞いて安心したのも束の間《つかま》、彼女は思いがけないことを言い出した。

汐里さんも東京には来るものの、俺たちと一緒に暮らすのは翼君だけで、彼女は元いた職場に戻ってその近くの賃貸を借りて暮らすと言うのだ。

俺たちに気遣うことはないと伝えたが、思いっきり仕事がしたいらしく、そのためにもひとりで暮らすのがいいと決めたようで、汐里さんの気持ちは固かった。

まったく翼君に会わないわけではなく、休日は我が家にやって来て翼君との時間を作ると言っているし、大切なのは汐里さんの気持ちだ。

それに彼女は就職して間もなく兄が亡くなり、香織さんが帰国してからというもの、家族優先だった。全力で仕事に打ち込みたいという気持ちも理解できるし、そんな彼女を応援するべきだと思う。

しかし頭ではそう理解できるのに、心が追いつかないんだ。

なんていう話を如月には打ち明けることはできず押し黙る。

「お話ししたくないことなら構いませんが、これだけは言わせてください。後悔してからでは遅いですからね。たまには本能のまま行動してもいいと思いますよ」

　本能のまま、か。

「忠告ありがとう。参考にさせてもらうよ」

「えぇ、ぜひ。そして一刻も早く通常運転にお戻りください。今回のプロジェクトが終わりましたら、さらに忙しい日々が待っているのですから」

「そうだな」

　苦笑いしてしまうが、如月の言うことはもっともだ。

　新体制を整えたとはいえ、社内に動揺は広がっている。今回の事件を受けて株価は暴落し、経営的にも厳しい局面を迎えている。父も数日前に言っていたが今が正念場だろう。

「ご理解いただけましたらポスターの確認をお願いします」

「わかった」

　俺がポスターに目を向けると、如月は「珈琲を淹《い》れてきます」と言って部屋から出ていった。

　汐里さん自身、転職することをすごく悩んだようだ。

今の職場には大変お世話になったし、受け持っている患者もいる。しかしスキルアップには東京の病院で勤めるのが一番だと決断したようだ。受け持っている患者を新しい理学療法士にしっかりと引継ぎをして、来月いっぱいで今の職場を退職すると言っていた。

元いた職場で再出発をしたいと思って問い合わせてみたところ、ぜひ戻ってきてほしいとオファーを受けたようで、物件探しを始めるそう。

汐里さんに、俺たちと一緒に暮らさないことは、ギリギリまで翼君に言わないでほしいと口止めされている。

きっと翼君が知ったら悲しむだろう。でも汐里さんは翼君のことを第一に考えて決断したことだと思うし、彼女にとってもこの決断が最適だと思っている。

それに対して俺はなにも言えないのだが、如月の言うように本能のまま動いていいというのなら、俺は……。

「そう、だよな。ここで行動に移さなかったら俺は一生後悔する」

この先、汐里さんが自立して俺たちから離れたとして。もし彼女に新たな職場でいい出会いがあったらどうする？　きっと激しく後悔するだろう。

気持ちは固まり、まずは仕事を終わらせるべく集中して取りかかった。

定時で仕事を終え、急いで向かった先は翼君の保育園。それというのも、汐里さんから新しい理学療法士が今日から勤務となり、指導や引継ぎで遅くなるため迎えに行ってほしいとメッセージが届いたからだ。

「今日は海斗君だけなんだね」

「あぁ、汐里さんはお仕事で遅くなるらしい。だから今日はふたりで美味しいものを食べに行こうか。もちろん汐里さんへもお土産も買うぞ」

「えぇー！　やったー！　嬉しい!!　しーちゃんも喜ぶね」

繋いだ手をぶんぶん揺らして喜びを爆発させる翼君に笑みが零れる。

翼君に食べたいものを聞いたところ、ファミレスのハンバーグがいいと言う。リクエスト通りに、以前初めて会った日に行ったファミレスへと向かった。

「海斗君、美味しいね」

「あぁ、そうだな」

翼君の口から零れたご飯粒を拾いながら、俺も注文したハンバーグを食べ進めていく。

ここで香織さんの話を聞いた時、汐里さんが慣れた手つきで翼君の面倒を見ているのがすごいと思っていたが、今では俺もすっかり慣れたものだ。

食べやすいようにハンバーグやポテトを切り分け、喉が渇いたと言えば一緒にドリンクを注ぎに行く。

それを苦とは思わず、むしろ翼君とこうして過ごせている時間を幸せに感じる。

「そういえば海斗君はどうして僕のことを〝翼君〟って呼ぶの？」

「え？　どうして？」

急に思い出したように聞いてきた翼君は、アイスを食べながら続けた。

「だってしーちゃんは僕のことを〝翼〟って呼ぶよ？　じいじもばあばもだけど、どうしてみんなしーちゃんと同じように呼んでくれないの？」

「それは……いいのか？　俺が翼って呼んでも」

すると翼君は満面の笑みを見せた。

「うん、呼んで！　あ、じいじとばあばにも今度言おうっと」

ただ呼び捨てになっただけだというのに、本当の意味で翼君と家族になれた気分だ。

「あぁ、じいじとばあばにも言うといい」

間違いなく泣いて喜ぶだろう。その時の様子が容易に想像できる。

「あとね、海斗君に聞きたいことがあるの」

「なに?」

聞く態勢に入ると、翼は考えながら話し始めた。

「前にね、しーちゃんがじいじは他の人より大変な仕事をしているって言っていたんだ。前に海斗君に教えてもらったけど、そんなにじいじは誰かに嫌なことをされるような大変なお仕事をしているの?　海斗君もなの?」

「そうだな……」

翼にはどう説明するのがいいのか、考えながら答えた。

「じいじはたくさんの人が働いている中で、一番偉い人なんだ」

「一番?　すごいね、じいじ!」

「そうだな。……でもその分、汐里さんが言っていたように大変なことも、嫌なことをされる時ある」

むしろ頭を悩ませることのほうが多いのではないだろうか。しかし上に立つというのは、仕事の楽しさだけを求められないつらさも伴うものだと思う。

「そっかー。じゃあ海斗君のお仕事も大変なの?」

「じいじと一緒に同じ仕事をしているからな。だが、やりがいはある。毎日一生懸命働いてくれている人たちと頑張ってきたことが成功した時は嬉しいし、多くの人との出会いもあるからな」

「そうなんだね」

興味津々で聞いていた翼は、俺の様子を窺いながら口を開いた。

「僕もいつかじいじと海斗君と一緒にお仕事できるかな？」

「え……？」

思いがけない話に目を見開くと、翼は恥ずかしそうに続ける。

「だって僕、じいじと海斗君のことが大好きだからさ。大きくなってもずっと一緒にいたいから」

「翼……」

なんて嬉しいことを言ってくれるのだろうか。もちろん翼は完全には俺たちの仕事を理解していないだろう。そうだとしても、好きだから一緒にいるために同じ仕事がしたいなんて聞いたら、感動して父は延々と泣きそうだ。

「ダメかな？　僕には無理？」

不安げに聞いてきた翼に対し、俺はすぐに否定した。

「無理じゃないさ。翼がやりたいなら一緒にやろう」

「本当？　やったー！　約束だよ？」

「あぁ、約束だ」

俺としてはいずれ翼が会社を継ぎたいと言うなら、喜んで後継者の席を譲ろうと思っていた。

サクラバ食品会社は兄が継ぐはずだったし、そうなっていたらきっと翼が引き継いでいただろう。

「じゃあその日までにじいじと一緒に会社を大きくしておかないとな」

「大きい会社？　前行った時もすっごく大きかったよ？」

「あれよりもっと大きくしておくよ」

翼の子どもも継いでくれるほどに。

その後も他愛ない話をしながら過ごしていく。そしてデザートのアイスを食べ終わったところで、俺は翼に切り出した。

「俺と汐里さんが結婚してもいいって言ってくれたこと、覚えてる？」

「もちろんだよ。ねぇ、海斗君。早くしーちゃんに好きって言わないと」

翼の気持ちは変わらないようで胸を撫で下ろした。

後悔するくらいなら想いを伝えて、プロポーズしたい。結婚を前提に付き合ってほしいと。先走りすぎだと言われてしまうかもしれないが、この先、彼女以上に誰かを好きになれる自信などないし、少しでも早くずっと一緒にいたい。

今すぐではなくてもいいから、俺を好きになってもらってそう遠くない未来に結婚できたらと願っている。

そのためにも全力で汐里さんを振り向かせる必要があるが、彼女以外との結婚を考えられない以上、自分に気持ちを向かせるしかない。

「じゃあ翼、俺に協力してくれるか？」

「うん！　僕、協力してあげるよ」

強力な助っ人《すけと》を得て、俺はこの日から彼女にプロポーズするためのプランを立て始めた。

世界で一番幸せにすると誓う

転職に関しては何度も頭を悩ませた。

源次さんや里子さんといった多くの患者を受け持っている。転職したら途中で投げ出すことになるのだから。

しかし、今よりも理学療法士としての知識を広げて経験を積みたいし、なにより東京に行けばここより翼に気軽に会うことができる。

今の職場を辞めると決断してから半月近くが過ぎ、後任への引き継ぎも順調に進んでいた。同時に家探しも始め、何軒かいい物件を見つけることができたし、今度の週末に東京へ行った際に内見の予約もした。

順調に東京へ移る準備を進めているが、ひとつ問題が発生していた。

「汐里ちゃんが東京に行くなら、俺も東京へ行く!!」

私が受け持っている患者の源次さんにも退職することを伝えたところ、毎日ずっとこの調子なのだ。

すると話を聞いていた大津さんが呆れたように言った。

「源次さん、何度も説明しましたよね？　汐里ちゃんには汐里ちゃんの事情があるんです。それに理学療法士としてのスキルアップのためでもあるんですよ？　汐里ちゃんの夢を源次さんが邪魔してどうするんですか」

「うっ……！　汐里ちゃんの夢はもちろん応援している。だけど仕方がないだろ？　寂しいんだ」

本音を漏らした源次さんに、温かな気持ちでいっぱいになる。

「私も源次さんに会えなくなるのは寂しいですよ？　でも、源次さんのように多くの人を元気にしてあげられるような理学療法士になりたいんです。そのためにも東京の病院で様々なことを学びたいと思っています」

「……わかってるよ、汐里ちゃん。ワガママを言ってすまないな。でもやっぱり寂しいから汐里ちゃんがいなくなるまで毎日言わせてくれ」

結局振り出しに戻った源次さんに、大津さんは深いため息を漏らした。

「汐里ちゃんがいなくなってからが思いやられるよ」

ボソッと漏らした大津さんに対し、私はただ苦笑いを浮かべる。

「如月さんも汐里ちゃんが辞めるって初めて聞いた時、泣いていたんだって？」

「……はい」

診療の合間に大津さんに聞かれ、里子さんに伝えた日のことが脳裏に浮かぶ。

今後のリハビリは大津さんに引き継ぐことが決まり、それを早めに里子さんに報告したところ、泣いてしまった。

源次さんのように寂しいと言ってくれて、私を本当の娘のように思っていたとも言ってくれた。

「うちの病院、汐里ちゃんファンが多いからなー。汐里ちゃんの後任はベテランで助かるとはいえ、五十代の男性ときたら華がなくなるな」

「そんなことはないと思いますよ」

「あるよ。絶対源次さんにも言われるぞ。一万円賭けてもいい！」

そう断言する大津さんに思わず笑ってしまう。

「まぁ、でもみんな汐里ちゃんの夢を応援しているから」

「ありがとうございます」

「ちなみに都会が嫌になったら、いつでも戻ってきていいからね？　たまには顔を見せて」

「……はい！」

姉がいた職場という縁で働き始め、多くの人と出会うことができた。出会った人たちのおかげで私も翼も生きてこられたのだと思う。最後の日まで一生懸命働こう。

午前の診療が終わり、休憩を挟んで十四時から午後の診療が始まった。十四時半から予約が入っていた里子さんが来院されたが、いつもは介護タクシーを利用して来るのに今日は違った。

「ご無沙汰しております」

「……お久しぶりです」

里子さんに付き添って来院したのは如月さんだった。とりあえず受付を済ませてもらい、相談室に案内した。

「母から先生が近々退職なさると聞きまして、ご挨拶に伺いました」

「ご丁寧にありがとうございます」

突然来た如月さんに戸惑っていたけれど、すぐに口頭で誘拐事件に関してお礼を言っていないことに気づいた。

「あの、電話ではお伝えしましたが、私のほうこそ大変お世話になりました。すぐにお伺いして直接伝えられず、すみません。……ありがとうございました」

里子さんの手前、事件というワードを使わずに言ったが如月さんはすぐに理解してくれたようで「とんでもございません」と言って続けた。

「副社長をサポートするのが私の仕事ですから。……本来なら私のほうから謝罪に伺わなければいけませんでした」

「えっ？」

電話でも伝えたが、如月さんはなにも悪くないのに。

「あの日、私がおふたりを店内までご案内していたら防げたはずです。……至らず申し訳ございませんでした」

「そんなっ……！　如月さんはなにも悪くありません！」

「いいえ、私が悪いんです」

「悪くないですよ」

なんて、電話でのやり取り同様に押し問答していたら、私たちを見ていた里子さんが声を上げて笑い出した。

「ふふふ、あなたたちってばいつの間にそんなに仲良くなったの？」

里子さんにお互い「えっ」と声をハモらせたら、里子さんに「ほら、仲良しじゃない」と言われてしまった。

「汐里ちゃんが東京に行くと聞いて寂しくなっちゃったけど、愛実にとったら喜ばしいことなのかもしれないわね。よかったわね、友達が近くに来てくれて。これでいつでも会えるじゃない」

私と如月さんが友達だなんて恐れ多い！　すぐに否定しようとしたが、それより先に如月さんが言った。

「そうね、今後はなにかと会う機会が増えそうだし」

なぜか含み笑いしながら言う如月さんに目を見開く。

否定しないってことは今後、仲良くしてくれるってことなのかな。それだったら嬉しいけれど、里子さんの前だから言ったまでで本当は違うのかもしれないと思うと聞けなくなる。

「この際お母さんも一緒に東京に来ればいいじゃない。私と一緒に暮らして先生の勤め先の病院にリハビリに通うのはどう？」

「それもいいわね。……そろそろひとりでの生活も限界かもしれないと感じ始めていたし、余生は娘と一緒に暮らすのもいいのかも」

里子さんの反応は意外だったようで、如月さんは「本当に？」と聞き返した。

「ええ、最近ずっと考えていたの。いずれは施設に入るつもりでいたけど、それまでの間は愛実と少しでも一緒にいたいって。それに今の私なら家事くらいはできるわ。……あなたに苦労かけた分、少しでも役に立ってからあの世にいきたいの」

「お母さん……」

里子さんの話を聞き、如月さんの目は赤く染まっていった。

「なによ、役に立ってからあの世にいきたいだなんて。まだあの世にいくのは早いから。……私のほうこそ親孝行をさせて。だから東京に行くこと前向きに考えて」

「えぇ、わかったわ。……そういうことだから汐里ちゃん、もしかしたらまたお世話になるかもしれないわ。その時はよろしくね」

「はい、喜んで！」

里子さんが如月さんと一緒に暮らし始めてからも、家のことができるように今後もしっかりとケアをしていこう。

この日、如月さんは里子さんのリハビリの様子も見学されて行き、最後まで付き添っていた。

私に家でもできるリハビリに関して聞いてきて、なにかわからないことがあったら、連絡するから教えてほしいと言っていた。その姿からも里子さんのことをとても大切にしているのが伝わってきた。

きっと私も母がそばにいてくれたら、自分にできる最大限のことをしたいと思うだろう。それができる如月さんが羨ましくなってしまった。

この日は定時で仕事を終え、迎えに来てくれた海斗さんとともに翼を迎えに行った。

「海斗君～！」

「お帰り、翼」

ふたりの関係はさらに深まり、翼ってば今は私よりも海斗さんのほうが好きなんじゃないかな？　現にふたりで迎えに来たというのに、一目散に抱きついたのは海斗さんだった。

「海斗君、いよいよ明日だね」

「あぁ、そうだな」

しかも最近、なにやらふたりでコソコソと話をしている。その仲睦まじい様子がちょっぴり面白くない。

「ふたりでなんの話をしているの？」

わざと聞くと、翼は海斗さんを見て人差し指を立てる。

「内緒だよねー、海斗君」

「内緒だよな、翼」

海斗さんまで一緒になって人差し指を立てると、翼は「きゃはは」と笑う。結局最後までふたりは私になにを隠しているのか教えてくれなかった。

「あ、海斗さんに日曜日に物件の内見に行くことを伝えるのを忘れちゃった」

翼を寝かせ、明日の準備をしながらふと思い出してため息を漏らす。

内見中は翼のことをお願いしたいし、明日必ず言わないと。

着替えなどをバッグに詰めていき、私も寝る準備に入る。布団の中で翼がスヤスヤと眠っていて、頬が緩んだ。

これからはこの可愛い寝顔も毎日は見られなくなるんだよね。そう思うとやっぱり寂しくなる。

布団を首元にかけ、そっと髪を撫でる。

「翼ってば、海斗さんといったいなにを企《たくら》んでいるの？」

家に帰ってきてからも私を見てニヤニヤして、「明日、楽しみだねー」と意味ありげに言ってきた。

我慢できなくてつい言ってしまいそうになり、両手で口を覆ったりもしていたよね。

「本当に可愛いなぁ」

翼が愛おしくてたまらないから、離れて暮らすことを想像するとまだ半月以上あるというのに泣きそう。翼に伝える時は笑顔で伝えないと。

翼を見つめながらウトウトし始め、私も眠りに就いた。


次の日、海斗さんの運転で東京へ戻ると、いつものように泰三さんと君江さんが温かく出迎えてくれた。

五人で昼食を食べ、ゆっくりとお茶をしていると急に翼が立ち上がった。

「海斗君、そろそろ行こうよ」

翼に言われ、海斗さんも時計を見て立ち上がる。

「そうだな」

すると翼は海斗さんの手を握り、リビングから早く出ようと引っ張る。

「翼君、海斗とどこに行くの?」

不思議に思った君江さんに聞かれた翼は、「内緒」の一点張り。

「少し待っててくれ」

そう言った海斗さんとともに翼はリビングから出ていった。

「どうしたのかしら。汐里さん、なにか聞いてる?」

「それが私にもわからなくて」

本当にいったいなにを企んでいるのだろうか。気になってふたりが出ていったドアのほうばかり見てしまう。

「汐里さん、物件探しは順調かい？」

「はい、実は明日内見に行く予定なんです」

「そうか……」

私の話を聞き、泰三さんも君江さんもがっかりした様子。

「ねぇ、やっぱり考え直すことはできないのかしら。せっかく仲良くなれたんですもの、一緒に暮らしましょう」

ふたりに翼を預けて私はひとりで生活すると伝えたところ、残念がっていた。こうして何度も考え直してほしいとも言われている。

「ありがとうございます。……だけど仲良くさせていただいているからこそ離れて暮らすべきだと思うんです」

君江さんと泰三さんは、私が海斗さんのことが好きだと知ったらどう思う？　せっかくいい関係を築けているというのに、ギクシャクしてしまうはず。

一緒に暮らしたら私、自分の気持ちを隠せる自信がないもの。やっぱり離れて暮らすのが最善なんだ。

「でも頻繁に遊びに来させてください」

「それはもちろんよ、いつでも来てちょうだい。……本当に残念だわ」

諦めがつかない様子の君江さんを、泰三さんは宥《なだ》める。

「私としても一緒に暮らしたいが、ここは汐里さんの気持ちを尊重しよう。しかし汐里さん、気持ちが変わったらいつでも遠慮なく言ってほしい。汐里さんが寝泊まりしている部屋は今後も空けておくから」

「そうよ、もうあの部屋は汐里さんの部屋だからね」

ふたりに優しい言葉をかけられ、胸が熱くなる。

「ありがとうございます」

姉が繋いでくれた縁に、本当に何度感謝しただろうか。いつか私も姉のもとへ行った時にはたくさんお礼を言わないといけないね。

それから翼の話で盛り上がっていると、ふたりが戻ってきた。

「じゃじゃーん！」

登場音を言って部屋に入ってきた翼は、タキシード姿に髪もオールバックにセットされていた。

「あら、まぁ！　なんて可愛いのかしら」

「どうしたんだ、その恰好《かっこう》は」

孫の愛らしい姿にふたりは大興奮。さらに後から入ってきた海斗さんもまた休日だというのにスーツを着て、翼と同じように髪をセットしていた。

「なに？　海斗までいったいどうしたの？」

スマホを手に翼の姿を写真に収めながら君江さんが聞くと、ふたりは顔を見合わせた。そして翼は私のもとへやって来ると、まるで王子様のように膝をついて手を差し出した。

「しーちゃんをエスコートさせてください」

「えっ？　私を？」

すると海斗さんも翼同様、膝をついて手を差し出す。

「あぁ、俺たちにエスコートさせてくれ」

「え？　……え？」

混乱する私をよそに、ふたりはそれぞれ私の手を握る。

「しーちゃん、行くよ」

そのまま私はふたりに連れ出されてしまった。

海斗さんが運転する車で向かった先は、私でも知っている有名なラグジュアリーなホテル。地下には有名ブランド店や美容室、飲食店などの商業施設が入っている。

その中のひとつのブランド店の試着室で、私はなぜか店員に渡された、いかにも高そうなドレスに袖を通していた。

グレーのエレガントなタイウエストのレースドレス。自分に似合うか不安だったけれど、実際に試着してみると思いのほかしっくりきて驚いた。

「お客様、どうでしょうか？　サイズは合っていましたか？」

「は、はい」

返事をすると「失礼します」と言って入ってきた店員によって、アクセサリーを装着させられていく。

そのまま別室に案内され、そこでヘアメイクのセットまでしてくれた。

「いかがでしょうか？」

鏡に映る自分はまるで別人のようで目を疑う。

「すごい、自分じゃないみたいです」

「そんなことございません。私はただ、お客様の魅力を引き出させていただいたまでです」

細かな直しを施され、店員は私に向かって一礼をした。

「今後もどうぞよろしくお願いいたします」

「……？　えっと、こちらこそ」

咄嗟に答えたものの、こんな高級店とはもう縁がないだろう。だけど、どうして店員はあんなことを言ったのだろうか。

不思議に思いながらも翼たちが待つ部屋へと案内されて向かう。するとソファに並んで座って一緒に本を読んでいたふたりは、私を見て立ち上がった。

「すごーい！　しーちゃん！　お姫様みたい‼」

興奮して駆け寄ってきた翼は、ピョンピョン跳ねる。

「本当？　ありがとう」

「すっごく可愛いよ！」

なんて翼は言うけれど、私から見たら翼のほうが何倍も可愛い。

すると海斗さんもこちらにやって来て、甘い瞳を私に向けた。

「そのドレス、やっぱり汐里さんに似合っている。すごく綺麗だ」

「え？　あ……ありがとうございます」

好きな人に「綺麗だ」と褒められ、頬が熱くなる。年上の海斗さんに〝可愛い〟

じゃなくて、〝綺麗〟と言われたからかな。すごく嬉しい。

「あの、でもどうして急に……？」

翼じゃないけれど、お姫様になった気分を味わうことができて楽しかったけど、なぜ急にここに連れて来てドレスやヘアメイクまでプレゼントしてくれたの？

気になって聞けば、またふたりで顔を見合わせる。

「それはねー、しーちゃん。ご飯を食べてからのお楽しみだよ」

「えぇ、まだ教えてくれないの？」

「うん、内緒なの」

もしかしてふたりで私を食事に招待することが目的だったとか？　でもあまりに豪華すぎるサプライズじゃない？

しっくりした答えが出ないまま、ふたりにエスコートされて最上階にあるフレンチレストランへと向かった。

奥の個室に案内されると、ちょうど夕陽《ゆうひ》が沈むところで、赤い夕焼けが差し込んで幻想的。

「うわぁーすっごく綺麗だね」

「そうだな」

一瞬景色に視線を奪われた翼だけれど、本来の目的を思い出したようで、私の座る椅子を引いて紳士にエスコートしてくれた。

「ありがとう、翼」

「どういたしまして」

私の隣に翼が座り、私たちと向かい合うかたちで彼も腰を下ろす。

するとすぐにシャンパンが運ばれてきて、翼はオレンジジュースで乾杯をした。その後に次々とコース料理が届き、どの料理も美味しくて和やかな時間が過ぎていく。

こうやって三人で食事に行くことも、これまでよりも少なくなるだろう。もしかしたら最後かもしれない。

そう思うとふたりがサプライズを用意してくれて本当によかった。

食後の珈琲が運ばれてきたところで、ウエイターが翼にそっと耳打ちをした。すると翼は椅子から降りる。

「しーちゃん、ちょっと待っててね」

「え？　翼？」

なぜか翼はウエイターとともに個室から出ていく。すぐに海斗さんを見るも、「すぐに戻ってくるよ」と言うだけ。

でも海斗さんの言う通りウエイターとともに翼はすぐに戻ってきた。

「ただいま、しーちゃん」

翼はウエイターと一緒にワゴンを押しながら個室に入ってきた。そのワゴンの上には、ホールケーキに蝋燭《ろうそく》が立てられている。

翼が足を止めると、ウエイターが蝋燭に火をつけ、照明の明かりを落とした。蝋燭の炎がゆらゆらと揺れる。

「しーちゃん、ケーキをよく見て」

「なんだろう」

翼に言われ、立ち上がってワゴンの上のケーキを見る。するとチョコレートのプレートに文字が書かれていた。

「えっ?」

思いがけない言葉が綴《つづ》られていて、二度見してしまう。それもそのはず、プレートには〝結婚してください〟と書かれていたのだから。

一瞬、海斗さんが私に? と思ったけれど、すぐに違うと自分に言い聞かせる。

きっと翼が私に宛てた言葉だよね。

だってよく翼は私と結婚すると言っていたじゃない。

「ありがとう、翼」

「しーちゃん、僕じゃないよ」

翼は首を横に振って、海斗さんを指差した。

「海斗君がしーちゃんと結婚したいんだって」

嘘、本当に？

翼に言われてもすぐには信じられない。すると海斗さんがゆっくりと立ち上がり、
翼がワゴンの下から花束を手に取り、海斗さんに渡した。

「はい、海斗君。頑張って！」

「ありがとう、翼」

翼から受け取った海斗さんは、私の目の前で足を止める。

「あの、海斗さん……？」

困惑する中、彼はゆっくりと口を開いた。

「急に好きだと言って、プロポーズしたら困らせるだけだとわかっている。……だが、
俺は汐里さん以上に好きになれる相手とこの先出会う自信などないし、汐里さんのこ
とを誰よりも世界で一番幸せにしたいんだ」

夢みたいなことを言った海斗さんは、愛おしそうに私を見つめた。

「優しくて真っ直ぐで、それでいて凛とした強さを持っている汐里さんのことが好きだ。本当は、好きになってもらって恋人期間を経てからプロポーズするものだが、その間に汐里さんを他の男に取られたらと思うと我慢できなくて。……結婚を前提に付き合ってほしい」

なに、それ。そんな心配無用なのに。だけど驚きすぎて言葉が出てこない。

「絶対に好きにさせてみせるから、チャンスをくれないか？」

「海斗さん……」

そんなチャンスなんて必要ないよ。だって私も海斗さんのことが好きだから。

すると私たちを見守っていた翼が声を上げた。

「あ、あのね、しーちゃん！　僕を助けてくれた海斗君は本当にヒーローみたいでカッコよかったの！　きっとしーちゃんのことも守ってくれるよ？　それに僕、しーちゃんと海斗君が結婚してくれたら嬉しい。大好きなふたりとずっと一緒にいたいの」

「翼……」

懸命に話す翼に幸せな気持ちが溢れて涙が零れた。

「えぇっ⁉　どうしたの、しーちゃん！　もしかして泣くほど海斗君のことが嫌いなの⁉」

あたふたする翼に急いで「ううん、違うの」と否定して涙を拭った。

そして不安げに私を見る海斗さんを真っ直ぐに見つめる。

「海斗さんが頑張る必要はありません。だって私も海斗さんのことが大好きですから」

「えっ……」

私の話を聞いて彼は目を丸くさせた。

「いつも私たちのことを気遣ってくれて、優しくて真面目で。そんな海斗さんが大好きです」

海斗さんが私を好きだなんて現実感がなかったけれど、彼の気持ちを聞き、さらに自分の口で気持ちを伝えたことでじわじわと実感していく。

「私も結婚するなら海斗さんがいいです。……ううん、海斗さん以外考えられません」

こんなにも好きになれる人とは、この先絶対に出会えない。

海斗さんが呆然とする中、翼が歓声を上げた。

「わ~！　やったね、海斗君！　しーちゃんも海斗君が大好きなんだって‼」

「あ、あぁ」

翼に足を揺すられてやっと海斗さんに表情が戻り、ジッと私を見つめてきた。

「翼がいるから気遣って言ったわけじゃないよな？」

「当たり前じゃないですか。だけど、本当に私でいいんですか？」

海斗さんが私のことを好きになってくれてすごく嬉しいけれど、それと同時に不安にもなる。だって明らかに私と彼では不釣り合いだし、もっと見合う相手がいるのに。

彼の様子を窺っていると、力強い声で答えた。

「汐里さんじゃなきゃダメなんだ」

ストレートな愛の言葉に胸が鳴る。だけどやっぱりまだ不安は拭えない。

「それでも、泰三さんと君江さんに反対をされたらどうされるんですか？」

海斗さんはサクラバ食品会社の後継者だ。泰三さんは海斗さんを公私ともに支えられる人を結婚相手に望んでいたのでは？

「そんな心配はする必要ない。父さんには兄さんのことがあってから、俺には結婚したいと思える相手と出会えること自体が奇跡なのだから、その相手と結婚しなさいと言われているんだ。なにより父さんも母さんも汐里さんのことを気に入っているんだ、反対するわけがないだろ？」

一呼吸置き、「他に不安なことは？」と聞かれた。

他に不安なこと……ある？　海斗さんが私じゃなきゃダメだと言ってくれて、泰三さんたちにも反対されないなら不安なことはない。

「大丈夫です」

答えると海斗さんは「夢みたいだ」と呟きながら思いっきり私を抱きしめた。一瞬にして彼のぬくもりに包まれ、胸がギューッと締めつけられる。

「か、海斗さん？」

びっくりして胸の鼓動の速さが増しているというのに、海斗さんはさらに強い力で私を抱きしめる。

「後で別れたいと言っても離してやれないから覚悟して」

そんな覚悟なんてする必要はない。

「それは私の台詞《せりふ》です。なにがあっても海斗さんのそばを離れませんからね？　あとになってやっぱり結婚はしないなんて言わないでください」

「言うわけがないだろ？」

ゆっくりと身体が離れ、彼は至近距離で私の顔を覗き込む。

「俺を好きになってくれてありがとう。生涯かけて汐里さんを幸せにする」

「はい、私も海斗さんのことを幸せにします」

誓いの言葉のように伝え合い、どちらからともなく笑みが零れる。

「キ、キス、しちゃうの？」

どもった声に我に返って翼を見れば、両目に手を当てながらも指の隙間からこっちを見ていた。

「僕、ちょっと恥ずかしいかも。うーん……でも、結婚するんだからキスしてもいいよね。僕は見ないようにするからしてもいいよ」

なんて言うが、がっつりと指の間から翼の目が見える。それが可笑しくて海斗さんと声を上げて笑ってしまった。

帰宅後、泰三さんと君江さんに報告をすると大喜びしてくれた。とくに君江さんが泣いて喜んでくれて、「口には出して言えなかったけど、ずっと汐里さんと海斗がそういう仲になってくれたらと願っていたの」と言っていた。

反対されるかもと心配していたのがバカらしくなるほど祝福され、嬉しくて思わず泣いてしまった。

次の日の物件の内見はキャンセルし、東京へ移った際は桜葉家で生活することになった。

するど君江さんが「一緒に暮らすなら、早く結婚しないと」なんて言い出したのだ。

そこからはまるで嵐のような目まぐるしい日々だった。

仕事が早いふたりは、泰三さんの伝手《つて》で最短の大安吉日に式場を押さえ、結婚に向けての準備が始まった。

ドレスはもちろん、料理や会場内の花にＢＧＭと決めることが山ほどあって驚いた。

仕事の引継ぎと引っ越しと重なり、正直、忙しかった日々の記憶があまりない。

「いよいよ明日だな」

「はい」

結婚式前夜、私と海斗さんは翼を寝かしつけた後、ウッドデッキ席でソファに並んで座り、ゆっくりと珈琲を飲みながら夜空を見上げた。

福島に別れを告げ、一ヵ月前に無事に引っ越しを終えた私たちは新しい生活をスタートさせていた。

翼は幼稚園に通い始め、すぐに友達ができたようで毎日元気に通っている。私も元いた職場に再就職し、忙しい日々を送っている。

以前、一緒に働いていた職員も何人かいてすぐに職場に馴染《なじ》むことができ、多くの事例を目の当たりにして勉強の毎日だけれど、充実していた。

結婚にあたって正直、辞めて家庭に入るべきかと悩んだ。でも海斗さんが仕事を続けてほしいと言ってくれたのだ。

海斗さんだけではなく、君江さんと泰三さんにも好きなことには全力で打ち込むべきだと言ってもらえて、結婚後も続けることになった。

そしてつい一週間前から海斗さんが私を〝汐里さん〟ではなく、〝汐里〟と呼ぶようになった。

たったそれだけのことで本当に彼と両想いになれて、結婚するのだと実感できるのだから、自分はけっこう単純なのかもしれない。

「それにしても翼の浮かれっぷりには笑ったな」

「本当に。興奮しちゃってなかなか寝なかったですもんね」

私と海斗さんの結婚を誰よりも喜んでくれたのが翼だった。プロポーズされた日から毎日「いつ結婚するの？」と聞かれ続けていたくらいだ。

翼のことを思い出していると、海斗さんは珈琲を一口飲み、私の様子を窺う。

「結婚式前夜にして今さらだが、恋人期間もなくこんなに早く結婚してよかったのか?」

「どうしてそんなことを聞くんですか?」

思わず聞き返すと、海斗さんは不安げに瞳を揺らした。

「いや、もちろん俺は嬉しいが、父さんと母さんが勝手に進めてしまったから、汐里の気持ちが追いついていないのではないかと心配になってさ」

これでも全力で海斗さんに好きだと伝えているつもりだったんだけどな。まだ私の気持ちは彼にすべて届いていないのかもしれないと思うと寂しくなる。でも、だったら届くまで伝えればいい。

「私は早くに海斗さんと結婚できて嬉しいですよ?」

だって一緒に街を歩けば必ず女性はみんな彼を見る。きっと社内でもモテているに違いない。

「それに結婚したら、海斗さんは私だけの海斗さんになるわけじゃないですか」

そうすれば他の女性を牽制することもできる。なんて嫉妬深いと思われそうで言えないけど。

それでも私の気持ちが伝わってほしくて最大限で言ったら、彼は「なるほど」と呟いた。

「結婚したら汐里は俺だけのものになるのか。……それなら早くに結婚を決めてよかった」

そう言って彼は自分の分と私の分のカップをテーブルに置く。そして私の肩に腕を回し、自分のほうに引き寄せた。

「結婚してもずっと恋人のように過ごしていこう」

「恋人のようにですか？」

「あぁ。どんなに長い年月をともに過ごしても、いつまでも恋人のような関係でいたい。そのためにも結婚したら毎日汐里に愛してると伝えるよ」

あ、愛してるだなんて……！　毎日言われ続けたら私の心臓が持たなそう。

「それと今は想像できないけど、もしかしたら喧嘩することもあるかもしれない。たとえ喧嘩したとしてもその日のうちに仲直りしたいな。……でないと、俺の心が持たない」

ボソッと漏らした言葉に、つい笑ってしまった。

「海斗さんの心が持たないんですか？」

「当然だろ？　汐里に口を利いてもらえなくなったらどれほどつらいか」

さらに強い力で引き寄せられ、幸せな気持ちで満たされていく。

想いを伝え合うまでは、あんなにも素直な気持ちを口にすることができなかったのに今は違う。

「私も海斗さんと話せなくなるのは寂しいので、喧嘩してもすぐに仲直りしましょうね」

ギュッと抱きつきながら言うと、海斗さんは「約束だぞ?」と念を押してきた。

「だけどまぁ、うちには父さんに母さん、翼がいるから喧嘩している暇もないかもしれないな」

「喧嘩したとしてもすぐにバレて、三人に心配されちゃいますしね」

私たちは結婚後も桜葉家で暮らすことに決めた。翼のいない生活はお互い考えられないし、家族みんなで暮らすのが翼にとって最善だと思うから。

「そうだな、これからもっと賑やかになりそうだ」

今も五人での生活は笑いが絶えない。きっとこの先もっと笑顔が溢れるだろう。

「私は幼い頃に両親が離婚し、家族団欒ってしたことがないんです。だからずっと憧れていて……。私、今とっても幸せです」

「汐里……」

姉が聡さんと出会ったことから始まった。ふたりが出会わなければ、私たちもこうして巡り合うことができなかった。

「私たち、姉と聡さんの分も翼と幸せにならないといけませんね」

するとと海斗さんは目を細めた。

「あぁ。ふたりの分も幸せになろう」

「……はい！」

もっと多くの時間をふたりで過ごしたかっただろうし、翼の成長を見届けたかっただろう。だからこそ姉と聡さんに代わって翼を見守り、そしてふたりが生きたくても生きられなかった時間を大切に過ごしていきたい。

「汐里」

「はい、なんですか？」

名前を呼ばれて彼を見ると、ゆっくりと端正な顔が近づいてきて咄嗟に海斗さんの口を両手で押さえた。

「……汐里、この手はなに？」

「なにって……！　海斗さんこそいったいどうしたんですか⁉」

恋人になって三ヵ月近くになるが、実は水族館での事故のキス以来ずっとキスをしていない。常に翼が一緒にいるというのもあるけれど、結婚式も近いということもあって誓いのキスの時にするのかなってなんとなく思っていたからびっくりした。

するとと海斗さんは私の手のひらをペロッと舐《な》めた。

「キャッ⁉」

驚いて手を引っ込めようとしたけれど、海斗さんにしっかりと掴まれてしまった。

そして熱い眼差しを向けられ、たじろいでしまう。

「今からキスをしてもいい？」

「キス、ですか？」

「あぁ。汐里が可愛くてたまらなくてさ。……明日の結婚式まで待てそうにない」

「そんなっ……んんっ！」

次の瞬間、唇に触れた温かな感触。視界いっぱいに彼の顔が広がって目を剥く。触れるだけのキスをしてゆっくりと彼の唇が離れていった。

すると海斗さんは深いため息を漏らす。

「ダメだな、一回すると止まらなくなる」

「え？　んっ」

再び唇を塞がれるが、何度も触れては離れていく。だけど次第に口づけは深くなっていき、どうやって呼吸したらいいのかわからなくなる。

少し口を開けると、海斗さんの舌が口内に入ってきた。温かくて柔らかい彼の舌が私の舌をからめ取り、嫌でも甘い声が漏れてしまう。

こんなキス、恥ずかしいのにもっと……と求めてしまう。

次第になにも考えられなくなり、いつの間にか海斗さんの首に腕を回している自分がいた。

どれくらいの時間、口づけを交わしていただろうか。互いの息が上がっていて、呼吸が漏れる。

すると海斗さんが名残惜しそうに唇を離し、私を力強く抱きしめた。

「歯止めが利かなくなりそうだから今日はここまで。……明日は覚悟して」

「覚悟って……えっと、はい」

明日は結婚初夜。覚悟してってことはつまりそういうことをするってことだよね？

想像しただけで恥ずかしいけれど、でも大好きな海斗さんと心だけではなく身体でも結ばれたい。

その思いが強くなって返事をしたら、海斗さんは私の顔を覗き込んで嬉しそうに「約束だからな」と言った。

次の日。如月さん母娘や福島から招待した大津さんたちをはじめ、多くの人たちに見守られて、私たちは永遠の愛を誓った。

控室でウエディングドレス姿を見た翼は大興奮して、延々と「しーちゃん綺麗だよ！」と言ってくれた。

君江さんと泰三さんも心から祝福してくれて、本当に私はなんて幸せ者だろうと思った。

バージンロードは泰三さんと歩き、参列席には姉と聡さんの写真が並んでいる。きっとふたりも仲良く見守ってくれていると信じたい。

「それでは誓いのキスを」

神父に言われ、海斗さんはそっと私のベールを捲る。

白のタキシード姿の海斗さんはカッコよくて、ずっとドキドキしている。

彼は私の両肩に手を置き、私にしか聞こえない声で囁いた。

「愛してるよ。絶対に幸せにするから」と——。

エピローグ

「……里。……汐里」

私を呼ぶ声に目を開けると、温かな光の空間に自分の身体が浮いていた。

びっくりして目を見開いたら、クスクスと特徴のある笑い声が聞こえてきた。

「……お姉ちゃん？」

恐る恐る呼ぶと、急に私の前に姉が現れる。

「お姉ちゃん……！」

懐かしい姉の姿に涙が溢れ出す。そんな私を見て姉は目を細めた。

「突然いなくなっちゃってごめんね、汐里。……そして翼を私たちに代わって育ててくれてありがとう。これからは私たちの分まで幸せになって」

そう言って姉の身体は少しずつ消えていった。

「汐里、大丈夫か？」

目が覚めると、心配そうに私を見る海斗さんがいて戸惑う。だけどすぐにさっきのは夢だとわかり、「はい」と返事をした。

「びっくりしたよ、急にお姉ちゃんって言った後、泣き出したんだから」

「すみません、心配かけちゃって」

すると海斗さんは「もしかしてさ」と私の様子を窺いながら切り出した。

「汐里も香織さんの夢を見ていたのか？」

「もってことは、もしかして海斗さんも？」

びっくりして聞き返すと、どうやら海斗さんの夢には聡さんが出てきて、感謝の気持ちと祝福の言葉を言っていたそう。さらには、翼の幸せを願っているとも。

「そうか、香織さんも……」

今日は私たちの結婚式。きっとふたりとも空から見守ってくれているのだろう。だからそれぞれ私たちの夢に出てきてくれたんだよね？

「幸せにならないとな」

「はい」

姉と聡さんの分も翼と楽しい時間をたくさん過ごし、人生を精いっぱい生きる義務が私たちにはある。ふたりの分も、絶対に……。

番外編　結婚初夜

いよいよこの時がきてしまった。シャワーを浴びてバスローブ姿のまま、私はベッドに腰かけ、これまでの人生の中で一番緊張していた。

今日は海斗さんと幸せな結婚式を挙げた。大切な人たちにたくさん祝福されて、何度泣いたことか。

なにより感動したのは、翼からのサプライズの手紙だった。私に対する感謝の思いに涙腺は崩壊し、なかなか涙が止まらなかった。

そんな幸せな時間を過ごし、そのまま私たちは結婚式を挙げたホテルのスイートルームに宿泊したわけだけれど……。

「少しでも心臓を落ち着かせないと」

胸に手を当てて大きく深呼吸するが、なかなか心臓の動きが遅くならない。

もう少ししたらシャワーを浴び終えた海斗さんがやってくる。そうしたら……と想像すると、今よりもっと心臓がバクバクし始めた。

「なにやってるのよ、私ってば」

さっきより緊張してどうするの？　今度は両手を胸に当てて深呼吸をしたところで、

「アハハッ」と笑い声が聞こえてきた。

びっくりして肩が跳ねる。そのままドアのほうへ視線を向けると、いつからいたのか海斗さんが笑っていた。

「え？　海斗さん？　いつからそこに……？」

「少しでも心臓を落ち着かせないとって汐里が言ったところから」

サッと血の気が引くとはこのこと。じゃあ胸に手を当てて深呼吸しているところを見られ、独り言も聞かれていたってことだよね？

理解したら恥ずかしくて身体中が熱くなり、隠れたい衝動に駆られる。

「早く声をかけてくれたらいいじゃないですか」

文句を言ってベッドに潜り込んだ。

本当に恥ずかしい。恥ずかしくて死んじゃいそう。

ギュッと目を瞑《つむ》って羞恥心と闘っていると、彼が布団の上から私を抱きしめた。

「汐里の百面相が可愛くて、もっと見ていたくなってさ。……悪かった」

「……本当に悪いと思っていますか？」

「あぁ。反省してる」

布団から顔を出して、謝罪の言葉を繰り返す彼を見る。

するとと目が合った海斗さんは、愛おしそうに私を見つめた。

「だけど、これだけは覚えておいて。俺はどんな汐里も可愛くて仕方がないんだ」

「……っ！　なんですか、それ」

とんだ殺し文句に、つい可愛げのないことを言ってしまった。でもそんな私でさえも「ツンデレな汐里も可愛い」なんて言う。

「だから、これからもたくさんの汐里を見せてもっと君を好きにならせてくれ」

私が彼の些細な言動にこんなにも胸をときめかせ、好きって気持ちが大きくなっているように、海斗さんにももっと私を好きになってほしい。

「どうやったら海斗さんはもっと私を好きになってくれるんですか？」

「ん——……そうだな。俺としてはどんな汐里を見ても好きになってしまうと思うけど」

「それじゃ答えになっていないじゃないですか」

思わず突っ込むと、彼は顔をクシャッとさせて笑った。

「つまり、毎日好きになっているってことだよ」

甘い言葉を囁きながら、海斗さんはゆっくりと顔を近づけてきた。そのスピードに合わせて目を閉じる。私も毎日海斗さんを好きになっている。海斗さんもこれからもずっと私を好きになってくれたらいいな。

少しして彼の唇が触れ、キュッと強く瞼《まぶた》を閉じた。

昨夜たくさんキスをしたけど、やっぱりまだドキドキしてしまう。

「汐里……」

愛おしそうに私の名前を呟き、口づけは深くなっていく。昨日のキスは手加減してくれていたんだと痛感するほど深くて、すぐに息も途切れ途切れになる。

次第に頭がふわふわしてなにも考えられなくなる中、いつの間にかバスローブの紐《ひも》が解かれていて、彼の指が私の肌に直に触れた。

「んっ」

少し冷たい指の感触に声が漏れる。

「汐里、掴まって」

ボーッとしたまま言われた通りに海斗さんの首にしがみつくと、少しだけ身体が浮いた。すると彼は素早く私のバスローブをはぎ取り、ブラジャーのホックを外した。

再びベッドに下ろされ、海斗さんも自身のバスローブを脱ぎ、逞《たくま》しい身体が露《あら》わになる。初めて見る男の人の身体に、どこに目を向ければいいのかと迷う中、彼は触れるだけのキスを落とした。

「ごめん、汐里。俺……余裕ない」

「え？　あっんっ」

ブラジャーをずらして、彼の大きな手に胸を揉まれて声が漏れてしまった。そのまま海斗さんは胸に顔を近づけたと思ったら、頂を口に含んだ。

「ひゃあっ⁉」

自分の声とは思えない甘い声に、咄嗟に口を手で覆った。だけど彼の舌が胸の頂をコロコロと転がしたり、吸ったりするたびに必死に抑えても声が止まらない。

すると海斗さんは口を覆っていた私の手を掴んでキスを落とした。

「なんで口を抑えているんだ？」

「だって……恥ずかしいです。私の声、変じゃないですか」

こんな声を聞いて海斗さんはどう思ってる？　嫌になっていない？　そんな不安に襲われる。

「どこも変じゃないし、むしろもっと聞かせてほしい」

「えっ？」

意外なことを言った海斗さんは、私の頬に口づけをした。

「汐里が感じてくれているのが最高に嬉しいよ」

耳元で囁かれた言葉にかぁっと顔が熱くなるのがわかりつつも、柔らかい笑みを浮かべる彼から目を逸らすことができない。

「だから我慢しなくていい」

「でも……っ」

「大丈夫だから」

私を安心させるように言って、海斗さんの大きな手が胸に触れ、熱い舌が首筋を這《は》う。そんなことをされたら私は声を抑える術を失い、感じるがまま。

だけど何度も私に痛みはないかと気遣ってくれた。

海斗さんは最後まで優しくて、私にとって最高の初体験となった。


目が覚めると、すぐに海斗さんの声が耳に届いた。

「おはよう」

まだ夢心地で焦点が定まらない。そんな私を見て海斗さんはクスリと笑った。

「汐里は意外と朝が弱いのか？」

そう言って頬を撫でられるとくすぐったくて、「んっ」と声が漏れる。

「目が覚めた？」

唇が触れてしまいそうなほどの近距離で囁かれたら、嫌でも目が覚めてそれと同時に昨夜の情事が鮮明に脳裏に浮かんだ。

「……はい」

そうだ、昨日は結婚式を挙げてそれでそのまま……。

幸せいっぱいの初体験だったけれど、それと同じくらい恥ずかしかった。だってあんな淫らな姿を海斗さんに見せて、それでなんか自分でも驚くほど恥ずかしい言葉を言った気がする。

あの時はいっぱいいっぱいで、ただ海斗さんに与えられる快楽に溺れることしかできなかった。本当に色々とすごかった。

「身体は平気か？」

「……はい」

いまだに海斗さんが私の中にいる感覚が残っているけれど、今のところ痛みを感じない。そもそも昨夜だって痛かったのは最初だけだった。みんなしばらくは痛いって言っていたから覚悟していたのに。

「喉が渇いたので、なにか飲んできます」

「待ってろ、俺が持ってくるから」

「いいえ、大丈夫ですよ」

普通にベッドから起き上がろうとしたが、身体に力が入らずそのままベッドに戻ってしまった。あれ？　どうしてこんなに身体に力が入らないの？

頭の中にハテナマークがたくさん並ぶ中、海斗さんは意地悪な笑みを零した。

「昨夜はあれだけ抱いたんだ。力が入らなくて当然だ。いい子で待っててくれ」

まるで翼に接しているかのように頭を撫でて、彼は水を取りに行った。

戻ってきた海斗さんは過保護に私を起き上がらせ、水まで飲ませてくれた。慣れていない至れり尽くせりで反応に困る。

「なんか甘えちゃってますね、私」

子どもみたいで恥ずかしい。

「そうか？　俺としてはもっと汐里には甘えてほしいところだけど」

「え？　これ以上ですか？」

びっくりして聞き返したら海斗さんは片眉を上げた。

「汐里は甘えなすぎ。もっと俺にだけは甘えていい」

そのまま抱きしめられ、幸せな気持ちでいっぱいになる。

「この先、子どもができて親になっても、歳を重ねてもずっと甘えていい」

「海斗さん……」

本当に海斗さんはどこまで私を好きにさせればいいのだろう。こんな調子じゃ、死ぬまでずっと好きって気持ちが大きくなっていきそう。

「じゃあ海斗さんも私にだけは甘えてくださいね」

私だって同じ気持ちだから。

その思いで言うと、海斗さんは私から離れて自分の額を私の額に押し当てた。

「いいのか？　俺も汐里に甘えて」

「もちろんですよ。私にだけ甘えてください」

「当然だ。汐里以外の誰に甘えるって言うんだ？」

海斗さんがクスクスと笑う顔が可愛くて、胸がきゅんとなる。

「そうですね……あ、翼は？」

「たしかに翼にも同じことを言われたら可愛くて甘えてしまいそうだ」

「……私も」

目と目が合うと、ふたりして笑ってしまう。そのままキスを交わし、また笑い合う。

この先もずっと海斗さんとは笑い合いながら幸せな日々を過ごしていきたい。ベッドの中で甘いひと時を過ごしながら強く願った。

約二年後――。

「しーちゃん、大丈夫？　ほら、しっかりと僕の手に掴まって！」

小学一年生になった翼の、心配そうに私の手を握ってエスコートしている姿に、お義父《とう》さんとお義母《かあ》さんは微笑ましそう。

「ありがとう、翼」

お礼を言うと、翼は嬉しそうに笑う。

庭先に出ると、仕事の電話を終えた彼も合流して並べられた椅子に並んで座る。

「汐里、お腹は大丈夫か？　張ったりしていないよな？」

心配そうに聞いてきた海斗さんに、クスリと笑ってしまう。

「もう、海斗さんってば今日それを聞くのは何度目ですか？　私なら大丈夫です」

「そうは言っても、急に張ることもあるって言うじゃないか」

結婚から一年後、私たちは新しい命を授かった。私のお腹の中ですくすくと育ち、あと二ヵ月したら生まれてくる。

「大丈夫だよ、海斗君！　僕がね、しーちゃんのことをしっかり支えてあげたから」

私と海斗さんの間に座っている翼が言うと、彼は優しく翼の頭を撫でた。

「そうか、ありがとうな。じゃあ赤ちゃんが生まれてからも、俺がいない時は翼が汐里と赤ちゃんのことを守ってくれ」

「もちろんだよ！」

力強い声で言う翼の成長をひしひしと感じ、頼もしくもある。

「翼はすっかりお兄ちゃんになっちゃったわね」

「聡に似て面倒見がよさそうだ」

「うん、僕もお兄ちゃんになるからね。頑張らないと！」

拳をギュッと握りしめて気合いを入れる翼に、みんなで笑ってしまった。

「はーい、ではお写真撮りますね」

写真館のスタッフの声に、私たちはカメラに目を向ける。

ずっと家族に憧れていて、いつか自分も幸せな家庭を持ちたいと思っていた。その夢が今叶ってとても幸せだ。

愛おしくて大切な家族との幸せな日々はこの先もずっと続いていく。新たな家族を増やして——。

END

あとがき

お久しぶりです。このたびは『ふたりで姉の子どもを育てたら、怜悧な御曹司から迸る最愛を思い知らされました』をお手に取ってくださり、ありがとうございました。

今作は何年も前から構想を練っており、いつか書いてみたいと思っていた作品でした。それをこうして皆様にお届けすることができて幸せです。

叔父と叔母という立場から始まるふたりのラブストーリー、少しでもお楽しみいただけたでしょうか？

汐里の職業を決める際、ちょうど娘に理学療法士になりたいと言われ、一緒に調べていたこともあり、それが汐里の職業となりました。

やりがいはあるけれど、責任も伴う仕事です。様々な患者と向き合い、日々勉強だと思います。理学療法士という仕事がどんなものなのか、少しでもこの作品を通して知っていただけたら嬉しいです。

そしてなんといっても今作の主役は翼だと思っています。執筆中も、何度「翼、可愛い！」とひとり叫んだことか（笑）。皆様も同じように叫んでいただけますように。

今作では大変お世話になった担当様をはじめ、マーマレード文庫編集部の皆様、編集に関わってくださった多くの皆様にお礼を申し上げます。

毎度のことながらギリギリになってしまい、本当にご迷惑をおかけいたしました。

そしてカバーイラストを担当いただけた龍本《たつもと》みお先生。イメージ通りの三人に感動しました。

発売月がマーマレード文庫様、創刊六周年ということで素敵な企画にも大ファンの龍本先生とご一緒させていただけて、本当に幸せでした。

なによりいつも作品を読んでくださる読者の皆様、ありがとうございます。今年からエンジン全開で多くの作品を書いていきたいと思っています。いつまでも皆様にお楽しみいただける恋愛小説を書いていけるよう、今後も精進してまいります。

それではまた、このような素敵な機会を通して皆様とお会いできることを願って。

田崎《たさき》くるみ

マーマレード文庫

ふたりで姉の子どもを育てたら、怜悧な御曹司から迸る最愛を思い知らされました

2024年3月15日　第1刷発行　定価はカバーに表示してあります

著者　田崎くるみ　©KURUMI TASAKI 2024
発行人　鈴木幸辰
発行所　株式会社ハーパーコリンズ・ジャパン
東京都千代田区大手町1-5-1
電話　04-2951-2000（注文）
0570-008091（読者サービス係）
印刷・製本　中央精版印刷株式会社

Printed in Japan ©K.K. HarperCollins Japan 2024
ISBN-978-4-596-53911-3

m a r m a l a d e b u n k o